Shona Wolf

CURIOUS GIRL

CURIOUS GIRL

Bibliografische Information der Deutschen
Nationalbibliothek:
Die Deutsche Nationalbibliothek verzeichnet diese
Publikation in der Deutschen Nationalbibliografie;
detaillierte bibliografische Daten sind im Internet über
http://dnb.dnb.de abrufbar.

Impressum:

© 2021 Shona Wolf
c/o AutorenServices.de
Birkenallee 24
36037 Fulda
Covergestaltung: VercoDesign, Unna
Lektorat: Beate Rau
Korrektorat: Beate Rau

Herstellung und Verlag: BoD – Books on Demand,
Norderstedt
ISBN: 9783755727927

Du weißt nichts, Dayna, gar nichts!
Die Witwe

PROLOG

Alles wirbelt und dreht sich. Was ist oben? Was ist unten? Die Gesetze der Schwerkraft scheinen aufgehoben und nur der Sicherheitsgurt hindert mich daran, den Fahrzeuginnenraum freischwebend zu erkunden. Ich sehe Mums Kopf die Seitenscheibe zertrümmern, als wir das erste Mal aufschlagen, nachdem wir den Straßengraben als Sprungschanze benutzt haben. Die weiteren zwei Überschläge nehme ich nicht richtig wahr – es geht alles viel zu schnell. Das Bersten der Seiten- und Frontscheibe und das Knirschen des Stahls fräsen sich allerdings in mein Gehirn und hinterlassen tiefe Narben auf meiner Seele – Geräusche, die ich mein Leben lang nicht mehr vergessen werde und die mich nachts oft aufschrecken lassen, schweißgebadet, aufgewühlt, nach meinem Teddy rufend und nach Mum. Teddy antwortet dann immer mit einem tiefen Brummen, weil ich ihn so fest an mich gedrückt halte. Mum dagegen kann nicht mehr antworten.

1

Ich sitze am Schreibtisch und schaue mir gerade zum x-ten Mal den Entwurf für den Relaunch unseres E-Papers durch, als Gwenn ins Büro stürmt und die Tür hinter sich ins Schloss krachen lässt. Ich zucke heftig zusammen und schaue sie dann über die Ränder meiner Computerbrille an. Sie lehnt völlig aufgelöst und außer Atem an der schweren Eichentür und blickt mich mit ihren weit aufgerissenen Augen an. Irgendetwas an ihrem Blick gefällt mir gar nicht, auch wenn Gwenn des Öfteren etwas Wahnsinniges an sich hat, vor allem, wenn sie mir in der Mittagspause die neuesten Scheidungsfälle der New Yorker Society zu unserer Poké Bowl bei *Caseys* in der E 78th Street auftischt. Spätestens beim anschließenden Espresso weiß ich dann, in welchen Club wir am Abend sollten, um das neu auf dem Markt angekommene Frischfleisch abzugreifen. Meinen Einwurf *so frisch kann das Steak doch gar nicht mehr sein* kontert sie dann immer mit *Hauptsache, gut abgehangen!*

Mein Blick fällt auf ihre weißen Sneakers, die auf dem dunkelblauen Teppich geradezu hervorstechen, im Gegensatz zu ihrem taubenblauen Hosenanzug, der heute perfekt zum Bodenbelag gewählt ist.

»Ich weiß«, Gwenn wedelt mit ihrer rechten Hand, als wollte sie eine lästige Fliege verscheuchen, dunkelblauer Nagellack – nochmals perfekte Teppichharmonie, »hatte noch keine Zeit, die Schuhe zu wechseln.«

»Was ist denn los?«, frage ich jetzt mit leichter Anspannung und reibe mir die Augen.

»Dayna!« Ihr Blick gleicht dem eines Rehs auf der Flucht vor einem Berglöwen. »Ich habe gerade Milo Burt im Aufzug getroffen und…«

»Und wegen *dem* bist du jetzt so aufgeregt? Der ist doch gar nicht dein Typ.«

Gwenn schaut mich verständnislos an. »Was? Nein, doch…«

»Was jetzt?«, lache ich.

»Vergiss Milo! Der Chef ist tot!« Gwenn schaut mich an und ich sehe, wie ihr Tränen in die Augen schießen, und mir stockt der Atem. Vor einer Sekunde lachte ich noch über meine Kollegin, die so ungestüm in mein Büro gerauscht kam und mir so Gwenn-like irgendwas sagen wollte und jetzt…

»Was?«, frage ich verständnislos, weil mir das soeben Gehörte völlig unwirklich erscheint.

»Tot, Dayna! Maxwell ist tot. Wahrscheinlich Herzinfarkt! Heute Morgen, einfach so.« Gwenn lässt sich an der Tür nach unten sinken und hockt jetzt da wie ein taubenblaues Häufchen Elend.

»Aber das kann…« beginne ich den Satz und breche gleich wieder ab. »Wie? Warum und…?«, stammle ich.

»Anscheinend auf dem Weg hierher. Frank, sein Fahrer, hat es erst in der Tiefgarage bemerkt und dann war es zu spät.«

»Mein Gott!« Das konnte doch gar nicht wahr sein. Ich habe doch um 9.00 Uhr ein Meeting mit ihm. Und jetzt soll er tot sein? Ich kann's nicht glauben! Ich stehe auf und nehme ein Taschentuch aus der Box, die auf dem Rollcontainer neben meinem Schreibtisch steht, gehe zu Gwenn und reiche es ihr wortlos, weil mir einfach die Worte fehlen. »Komm steh auf«, sage ich dann, »sonst gibt es noch das nächste Unglück, wenn jemand die Tür unvermittelt aufmacht.« Ich strecke die Hand aus und helfe ihr hoch. Händchen haltend ziehe ich Gwenn zu der kleinen Sitzgruppe neben dem Fenster und platziere sie in einen Sessel. »Gib mir mal das Taschentuch«, fordere ich sie auf und wische damit ihre verlaufene Wimperntusche von den Wangen.

»Danke«, sagt Gwenn mit zitternder Stimme, und die nächsten Tränen machen sich auf den Weg, ihr Make-up zu zerstören.

Ich werfe das Taschentuch in den Mülleimer, hole ein neues und setze mich ihr gegenüber auf die Zweisitzer-Couch. »Verdammt, verdammt!« Mein Blick schweift von

Gwenns tränennassem Gesicht durch die deckenhohen Fenster hinunter auf die Park Avenue. Nach der umfangreichen Renovierung des Verlagsgebäudes der *Manhattan Newspaper Company* vor drei Jahren bin ich in dieses Eckbüro im 6. Stock gezogen, was nicht nur in diesem grandiosen Ausblick seinen Höhepunkt erreichte, sondern auch mit einer Beförderung einherging. Seitdem versuche ich, mit neunundzwanzig Jahren als eine der jüngsten Verlagsleiterinnen der USA, die Geschicke der *Manhattan News* zu steuern. »Das ist nicht gut«, murmele ich ganz in Gedanken.

»Was meinst du, Dayna?«, fragt Gwenn, die sich jetzt wieder etwas gefangen hat.

»Ich meine, dass das nicht gut ist«, antworte ich und bin mir bewusst, damit den Preis für die Untertreibung des Jahres abgeräumt zu haben.

»Das ist sogar so ziemlich das Schlimmste, was hätte passieren können«, pflichtet sie mir bei. »Das kann den ganzen Verlag in den Abgrund reißen«, ergänzt sie noch und malt damit genau das Schreckensszenario an die Wand, das mir ebenfalls im Kopf herumspukt.

»Dann kann uns wahrscheinlich nur noch Isaac helfen«, sage ich mehr zu mir selbst und versuche ernst zu bleiben, weil diese Möglichkeit vollkommen absurd ist. Isaac Fredrickson, zweiunddreißigjähriger Sohn von Maxwell, abgebrochenes Princeton-Studium, Dauergast in den Klatschspalten der Zeitungen, außer *Manhattan News*, Modellathlet und Playboy, Beruf: Sohn.

»Der war gut«, meint Gwenn und gönnt sich ein Lächeln. »Der schafft es ja wahrscheinlich noch nicht einmal unfallfrei, seine Schnürsenkel zuzubinden. Wie soll er da einen Verlag führen?«

»Das mach ja eh ich«, antworte ich. »Bis jetzt jedenfalls noch. Wer weiß, was kommt?«

»Ja, wer weiß, was kommt?« wiederholt Gwenn die Frage aller Fragen. Sie steht auf und geht zur Tür. »Ich geh jetzt mal rüber in mein Büro. Da glüht wahrscheinlich schon das Telefon. Muss dann auch ein paar Termine von Maxwell absagen…«

»Kennst du sein Passwort?«, frage ich noch.

»Natürlich nicht! Was denkst du?«

»Dann spreche ich mal mit der IT. Wir sollten, glaube ich, an seine Daten rankommen.«

»Dürfen wir das überhaupt?« Gwenn runzelt die Stirn.

»Berechtigte Frage! Ich frage mal Flannery, der sollte das wissen, aber ich hoffe, da geht das berechtige Interesse des Verlags vor.«

»Mach das, bevor du noch was Illegales anstellst - mit dem Hacken des Chef-Computers.«

Gwenn schließt die Tür diesmal ganz sanft und ich blicke wieder zum Fenster raus. Es hat angefangen zu regnen. Heute wird es wohl nichts mit einem schönen Herbsttag. Der Himmel hat es vorgezogen, dem Anlass entsprechend, zu weinen. Ich greife zum Telefon und wähle die Nummer unseres Anwalts Gordon Flannery von McFaddan Flannery Hager und Partner. Es gibt da ein paar Dinge abzuklären.

2

Flach oder hoch? Ich stehe vor dem Spiegel und betrachte mich von oben bis unten. Eigentlich das perfekte Outfit, um einen schönen Abend in einem angesagten Restaurant zu verbringen, in das mich Paul aber nie ausführen wird. Liegt vielleicht daran, dass er sich das erstens als Redakteur in unserem Verlag nicht leisten kann und zweitens erst gar nicht auf die Idee kommen würde, mich in einen teuren Laden zu schleppen. Ich verdränge Paul aus meinen Gedanken und kehre zum aktuellen Problem zurück. Flache Schuhe oder High Heels? Natürlich würden einer meiner schwarzen Hochhackigen perfekt zum schwarzen gerippten Kleid aus Stretch-Jersey passen, das ich vor drei Monaten bei Macy's für 250 $ ergattert hatte, allerdings weiß ich nicht, wie ich den ganzen Tag in High Heels überleben soll. Ich wechsle wieder zu meinen Ankle Boots und spüre eine sofortige

Erleichterung, schaue zum Fenster raus, der Regen klatscht gegen die Scheibe, und habe meine Entscheidung getroffen. Mein Handy auf dem Nachtkästchen fängt an zu vibrieren. *Bin da* steht auf dem Display. Ich schnappe meinen dunkelgrauen Wollmantel und noch einen Regenschirm, riskiere einen letzten Blick in den Spiegel und verlasse mein Appartement.

Unten in der Lobby hält Ricardo mir die Tür auf, den ich im Vorübergehen grüße, und ich haste über den Gehweg zum Taxi, das glücklicherweise direkt vor dem Gebäude steht. Ich reiße die hintere Tür auf und bin wieder im Trockenen. »Hi Gwenn«, sage ich, umarme sie und drücke ihr einen dicken Kuss auf die Wange.

»Für was war der?«, fragt sie lachend.

»Für die Idee mit dem Taxi und für den Abholservice hier gerade.«

»Ach, das ist doch nichts«, wiegelt Gwenn ab und gibt dem Fahrer das Zeichen zum Losfahren. »Und, bist du bereit?«, fragt sie.

»Für so etwas ist man, glaube ich, nie bereit.« Ich schaue sie ernst an und auch ihr Blick verfinstert sich. »Beerdigungen gehen ja eigentlich«, ergänze ich und sehe, wie Gwenn mich erstaunt anschaut. »Na, du weißt schon, wie ich das meine«, sage ich, »man geht hin, hört sich die Lobhudeleien auf den oder die Verstorbene an, anschließend noch Leichenschmaus, und das war es dann. Traurig, aber nicht gerade hochemotional, wenn es sich nicht um Verwandte oder Freunde handelt. Aber jetzt...«

»Tja, jetzt geht es noch um die Zukunft unseres Verlages«, vervollständigt Gwenn meinen Satz.

»Ja, diese Unsicherheit hängt über allem, wie die Regenwolken über uns.« Ich blicke zum Seitenfenster hinaus, an dem das Wasser in Strömen hinabläuft, da es jetzt wie aus Kübeln schüttet. »Und dann natürlich noch die Testamentseröffnung morgen. Da bin ich ja mal richtig gespannt.«

»Du wirst mir dann hoffentlich gleich berichten, wenn du zurück bist.« Gwenn tätschelt mir die Hand.

»Versteht sich von selbst. Obwohl ich immer noch nicht genau weiß, warum ich da überhaupt dabei bin. Flannery hat etwas herumgedruckst und dann gemeint, das wäre nur eine Formalie, weil ich die Verlagsleiterin wäre und somit die aktuell ranghöchste Mitarbeiterin, aber trotzdem komisch.«

»Ich denke, du erbst den ganzen Laden, da Isaac ja offensichtlich keinerlei Interesse an Zeitungen, Verlagen, Lesern, Menschen, an irgendetwas hat.« Gwenn blickt mich mit todernster Miene an.

»Äh?«, ich schaue sie erstaunt an.

»Ja, ist so. Wer soll das Ding sonst übernehmen?«

»Äh, keine Ahnung. Aber…«.

»Eben! Bleibst nur du.« Gwenn schaut mich immer noch ernst an. »Ich seh schon die Schlagzeile: Dayna Fischer, von der jüngsten Verlagsleiterin zur jüngsten Zeitungsverlegerin der USA. Wie hat sie das geschafft?« Jetzt fängst sie doch an zu grinsen und ich merke, dass sie mich auf den Arm nimmt.

»Solange als Antwort dasteht, sie hat sich mit all ihrem Wissen hochgearbeitet, ist alles in Ordnung«, antworte ich und muss auch lachen.

»Aber das wäre schon was?«

»Was wäre was?«, frage ich zurück.

»Na, das mit dem Erbe.«

»Ach so.« Ich mache eine wegwerfende Handbewegung. »Ich glaub an Isaac. Der rockt den Laden, wirst sehen.«

»Gott steh uns bei, wenn das passieren sollte. Der räumt erst mal die Redaktionsräume leer und lässt ein paar Fitnessgeräte aufbauen.«

»Dann wird nicht mehr geschrieben und gedruckt, sondern gepumpt und gedrückt. Und weißt du was?«, frage ich.

»Ich weiß nichts mehr«, Gwenn lächelt und zuckt die Schultern.

»Da wäre wahrscheinlich sogar mehr dran verdient als mit Zeitungen«, sage ich.

Gwenn stimmt mir nickend zu. »Nur rote Zahlen und alles rückläufig. Auflage, Anzeigen, nur minus.«

»Zitat Ende! Ich wundere mich auch immer, wie wir so gut vom Drauflegen leben können und vor allem wie lange«, ergänze ich und lasse das letzte Gespräch mit Maxwell am Montag noch mal in Gedanken Revue passieren. Unser Chef malte da ein düsteres Bild für die Verlagsbranche. Aber dafür muss man kein Prophet sein, diese Entwicklung ist ja leider nichts Neues und auch längst noch nicht abgeschlossen. Der Verlag hat auf jeden Fall schon bessere Zeiten gesehen und es ist eigentlich nur eine Frage der Zeit, wann die ersten Redakteure, Techniker und auch Verwaltungspersonal entlassen werden müssen.

Das Taxi nimmt jetzt die Auffahrt zur Interstate 278, nachdem wir über die Williamsburg Bridge Manhattan verlassen haben. Die Trauerfeier findet in der St. Paul's Episcopal Church in Glen Cove, draußen auf Long Island, statt. Anschließend fahren wir aber gleich wieder zurück, da die Beisetzung im engsten Familienkreis erfolgt. Allerdings muss ich dann morgen noch mal nach Glen Cove, da die Testamentseröffnung nicht im Verlag, sondern am Familiensitz vorgenommen wird. Dort wohnten Maxwell und seine Frau Karen aber nur am Wochenende, da sie noch eine Suite an der Upper West Side besitzen.

Aber vielleicht ist der plötzliche Tod von Maxwell auch eine Chance für den Verlag, seine verkrustete Struktur aufzubrechen, mache ich mir weiter Gedanken um die Zukunft. Der Laden hätte es nämlich verdammt nötig, einmal komplett neu durchstrukturiert zu werden, und zwar ohne Rücksicht auf Verluste. Wenn ich doch nur so könnte, wie ich will, denke ich und murmle vor mich hin, »so eine Chance kommt nie wieder«, als wir gerade auf der Interstate 495, dem Long Island Expressway, an Flushing Meadows vorbeibrausen.

»Was für eine Chance kommt nicht mehr und wer hat sie?«, fragt Gwenn, die jetzt ihren Blick vom Seitenfenster abwendet.

17

Überrascht schaue ich sie an, da ich weder mitbekommen habe, dass ich laut nachgedacht habe, noch, dass Gwenn so aufmerksam ist.

»Unsere Chance«, antworte ich. »Hoffentlich.«

»Meinst du damit die Chance, pünktlich zur Beerdigung zu kommen?« Gwenn blickt nach vorne, wo Bremslichter nichts Gutes verheißen.

»Das wär's noch, wenn wir zu spät kommen.«

»Ich sehe uns schon in die voll besetzte Kirche hineinstolpern, wenn der Pfarrer seine Predigt hält«, sagt Gwenn und lässt meinen Puls in die Höhe schnellen.

»Ein Albtraum!«

»Bei dieser Art von Beerdigung bestimmt.«

»Bei welcher Art von Beerdigung ist denn das Zuspätkommen nicht peinlich?«, frage ich erstaunt.

»Peinlich ist es immer, wenn es denn bemerkt wird. Bei der Beerdigung von meinem Onkel Hal vor ein paar Jahren bin ich auch erst zwanzig Minuten nach Beginn angekommen, aber es herrschte so ein Trubel bei der Trauerfeier, dass das gar nicht aufgefallen ist.«

»Das glaube ich. Das kannst du aber auch nicht vergleichen. Das wird heute bestimmt eine, im wahrsten Sinne des Wortes, traurige Veranstaltung.«

»Wahrscheinlich. Ich denke auch nicht, dass da ein Gospel-Chor auftritt und Leute aufspringen oder mitklatschen.«

»Ganz bestimmt nicht.« Ich klopfe an die Scheibe des Fahrers, als wir zum Stehen kommen. »Wie lange wird das ungefähr dauern?«, frage ich in der Hoffnung, dass der Fahrer den Verkehrsfunk angehört hat.

»Sind ungefähr zwei Meilen stockender Verkehr. Zwanzig Minuten, wenn es gut läuft.«

»Okay. Danke.« Das wird knapp, könnte aber reichen, wenn der Fahrer mit seiner Prognose recht hat.

»Wird ganz schön eng«, meint auch Gwenn. »Hätten doch früher fahren sollen.«

»Tja, wenn man's immer wüsste.«

Siebenundzwanzig Minuten später verlassen wir die Interstate bei East Hills und fahren die Glen Cove Road nach Norden. »Noch sechs Meilen«, sagt unser Fahrer und ich blicke beruhigt auf meine Apple Watch. Das muss locker reichen. Gwenn hat sich während des Staus ein kleines Nickerchen gegönnt und ich wecke sie sanft, indem ich ihre Hand streichle. Mit verträumtem Blick öffnet sie die Augen und blickt sich um.

»Gut geschlafen?«, frage ich.

»Ja, doch.« Sie gähnt herzhaft. »Ein kleiner Schönheitsschlaf wirkt Wunder.«

»Den hast du doch gar nicht nötig.«

Sie grinst mich an. »Sind wir runter vom Freeway?«, wechselt sie das Thema.

»Ja, gerade. Und wir kommen pünktlich!«

»Gott sei Dank!« Gwenn öffnet ihre schwarze Givenchy Antigona Mini, die sie zu Weihnachten von ihrem Freund bekommen hatte, wie sie mir stolz erzählt hat, als wir zu viert, Gwenn, ihr Freund Marcus, ich und Paul bei Tamarind, unserem Lieblings-Inder in Tribeca, das neue

Jahr begrüßten. Ich sagte ihr nicht, dass mir die Tasche nicht gefällt, musste aber neidlos anerkennen, dass Paul bis jetzt auf *SO ETWAS* noch nie gekommen war. Ist allerdings auch nicht seine Preisklasse. Ich habe mich trotzdem über die Theaterkarten gefreut, die er mir geschenkt hat.

Gwenn kramt einen kleinen Schminkspiegel aus der Tasche und checkt ihr Make-up. »Alles klar. Kann losgehen, bin bereit.«

»Kann ich auch mal«, frage ich und Gwenn reicht mir den Spiegel. Auch bei mir hat die Fahrt keine Spuren hinterlassen. »Hab mal wasserfestes Make-up aufgelegt. Mal sehen, ob es hält, was der Preis verspricht.«

»Es hat doch schon aufgehört zu regnen. Ich glaube da kommt nicht mehr viel nach.« Gwenn schaut zur Heckscheibe raus und wie auf Kommando blitzt die Sonne aus der jetzt lückenhafte Wolkendecke.

»Das ist auch nicht wegen dem Regen…«, antworte ich.

»Oh, ja. Tränenreich kann es natürlich auch werden. Bin bei so was auch nah am Wasser gebaut.«

»Ich heul wahrscheinlich Rotz und Wasser«, versuche ich gleich mal vorzubeugen, »und wenn dann vielleicht noch Enkel ins Spiel kommen, die für ihren Opa eine selbstverfasste Geschichte zum Besten geben, bin ich ganz raus.«

»Welche Enkel meinst du?«, fragt Gwenn und schaut mich überrascht an.

»Äh, gute Frage. Egal. Hab ich auf jeden Fall schon einmal erlebt und das war echt hart.«

»Dieses Risiko geht heute gegen null. Es sei denn, Isaac zaubert welche aus dem Hut.« Gwenn gluckst und vertreibt die trübe Stimmung.

»Wir sind gleich da«, kommt von vorne die Ansage des Fahrers und wir stecken die Köpfe so weit vor, dass unsere Nasenspitzen fast die Trennscheibe zum Fahrer berühren, um ja nichts zu verpassen. Dann sehen wir rechts die St. Paul's Episcopal Church auftauchen und das Taxi hält an. Gwenn bezahlt den Fahrer und wir steigen uns. »Erinnere mich bitte daran, dass ich dir später die Hälfte gebe«, sage ich, während wir den vielleicht fünfzig Meter langen Weg zur Kirche ansteuern.

»Worauf du dich verlassen kannst«, grinst Gwenn und hakt sich bei mir unter, weil Sie mit ihren Hochhackigen sonst nicht mit mir Schritt halten kann. »Sieht aus wie eine Burgbelagerung im Mittelalter.«

Und tatsächlich hat der Kirchturm aus rötlichen Backsteinen mit seinen Zinnen oben als Abschluss eher etwas von einer englischen Burg als von einer Kirche. Und es findet definitiv auch so eine Art Belagerung statt, da ein Pulk schwarz gekleideter Menschen vor der Kirche steht und auf Einlass wartet. Mein Puls geht etwas nach oben, als wir uns den Wartenden nähern und uns ganz hinten anstellen. Ungefähr zehn Meter weiter vorne, etwas seitlich, sehe ich ein bekanntes Gesicht und mache Gwenn darauf aufmerksam. »Flannery ist auch schon da«, flüstere ich und deute mit dem Kinn in Richtung des Anwalts.

Gwenn, die mit ihren Mörderabsätzen etwas größer ist als ich, reckt sich noch etwas nach oben und späht über die Menschen. »Seh ihn nicht, aber dafür jemand anderen. Schau mal ganz nach vorne zum Eingang, wer da neben dem Pfarrer steht.«

Nach Gwenns Einlass dreht sich ein älteres Ehepaar zu uns nach hinten und schaut von oben herab und etwas pikiert, wie es mir vorkommt. Da ich die beiden nicht kenne, versuche ich die Blicke zu ignorieren und mache stattdessen ebenfalls meinen Hals lang. »Seh nix mehr«, flüstere ich Gwenn zu und linse zu unseren neuen Freunden vor uns. Sie lassen sich aber nichts mehr anmerken, wenn sie es denn gehört haben. »Da haben sich gerade zwei Riesen reingedrängelt. Wer ist es denn?«

»Unser verhinderter Kindsvater«, antwortet Gwenn und ich muss mich wirklich beherrschen, nicht loszulachen, lasse aber ein kleines Kichern hören. Jetzt dreht sich der Mann doch zu uns um und schaut uns streng an.

»Können Sie das bitte lassen! Das ist eine Beerdigung!«

»Selbstverständlich«, sage ich, »Bitte entschuldigen Sie.«

Gwenn rammt mir ihren Ellbogen in die Seite, als er sich wieder umgedreht hat. »Beherrsch dich mal ein bisschen, Dayna«, grinst sie mich an.

»Na, mischt ihr mal wieder die Veranstaltung auf?« Zwischen meinem und Gwenns Kopf taucht ein weiterer auf und verschwindet sofort wieder. Wir drehen uns beide um und starren zu Ray Pooler hoch, der uns um eine Haupteslänge überragt. Der Chefredakteur des *Manhattan* grinst breit und lässt seine makellosen Zahnreihen aufblitzen.

»Hey Dead«, begrüßt ihn Gwenn mit seinem Spitznamen und gibt ihm links und rechts ein Küsschen. Vor zwei Jahren hatten die beiden ein paar Wochen etwas miteinander und seitdem ein ausgesprochen gutes Verhältnis zueinander – trotz gescheiterter Beziehung, was ich aber auf den Altersunterschied von fünfzehn Jahren zurückführe.

»Hallo Ray, du kommst spät«, sage ich und spiele auf unser kleines Battle an, das zu jedem Meeting ansteht, an dem wir beide teilnehmen. Allerdings bin ich seit geraumer Zeit auf der Verliererstraße, da ich es leider selten pünktlich schaffe und dann meistens reinplatze. »Klarer Punktsieg für mich.«

»Aber nur heute, Dayna, und mein Vorsprung ist fast uneinholbar.«

»Wir werden sehen. Ich bleib dran.«

»Habt ihr schon gesehen, wer da vorne neben dem Pfarrer, seiner Mutter und Schwester steht?«, fragt Ray.

»Hast du auch irgendwelche Neuigkeiten?«, zieht Gwenn ihn auf. »Klar«, ergänzt sie noch. »Schauen wir mal, ob das jahrelange Fitnessstudio seinen Handschlag kräftig gemacht hat.«

»Der war gut«, sagt Ray, »dann halte mal schön dagegen. Pass aber mit deinen schwarzen Krallen auf.«

»Ich gebe ihm ja nur die Hand und kratze ihm nicht die Augen aus«, Gwenn überlegt kurz, »wobei – vielleicht doch.«

Jetzt bin ich diejenige, die meiner Freundin und Kollegin einen Klaps mitgibt.

»Aua!«, ruft sie viel zu laut aus, was sofort wieder einen bösen Blick des Mannes vor uns nach sich zieht. »Entschuldigung«, sagt sie noch und zieht eine Grimasse, als der Mann wieder nach vorne schaut.

»Was seid ihr denn so aufgedreht?«, fragt Ray, »ihr benehmt euch ja wie Teenager. Kommt mal wieder runter, wir sind gleich dran.« Er deutet nach vorne, und wirklich, wir stehen keine fünf Meter vor dem Empfangskomitee und ich setze eine neutrale Miene auf. Auch Gwenn schaut sofort ernst und unsere kurze ausgelassene Phase ist so schnell vorüber, wie sie aufgekommen war.

Und dann ist es so weit. Das Ehepaar vor uns hat den Kondolenzreigen beendet und die Frau trocknet sich die Tränen, während ihr Mann sie in die Kirche führt, und wir sind dran. Gwenn stöckelt nach vorne und drückt den vor ihr Stehenden ihr Beileid aus. Dann wird es ernst und ich schreite nach vorne. Der Pfarrer steht ganz rechts und ich nicke ihm nur kurz zu. Links neben ihm Karen Fredrickson und man sieht ihr an, dass die letzten Tage sie an die Grenze gebracht haben. Der Tod hat dreiundvierzig Jahre Bündnis zerrissen und ihr ihren Maxwell genommen. »Es tut mir so unendlich leid«, bringe ich gerade so heraus, bevor mir ein Kloß die Kehle zuschnürt.

»Danke, Dayna. Danke, dass sie gekommen sind«, sagt sie und ihre Stimme klingt sehr fest, was aber im Widerspruch zum Ausdruck in ihren Augen steht. Ich habe sie das letzte Mal beim traditionellen Sommerfest im Verlag getroffen. Dort machte sie mit ihren zweiundsechzig Jahren auf mich einen starken und fröhlichen Eindruck, als wir am Buffet standen und uns länger unterhalten haben. Davon war jetzt verständlicherweise nichts mehr zu spüren.

Ich nicke und wende mich an Iris, die zweiundzwanzigjährige Tochter, die ich heute zum ersten Mal treffe. »Mein Beileid«, sage ich.

»Danke«, antwortet sie mit ruhiger Stimme und zeigt sogar ein kleines Lächeln. Dann wendet sie ihren Blick schon ab und schaut an mir vorbei, wobei ich mir schon denken kann, wer da die Aufmerksamkeit der Verleger-Tochter so schnell auf sich gezogen hat. Hinter mir wartet schließlich Ray Pooler, der durch seine imposante Erscheinung und sein Aussehen, das am ehesten einer Mischung aus Idris Elba und Jamie Foxx entspricht, schon so manche Herzen gebrochen hat – wie man hört. Wenn Intelligenz auf ein blendendes Aussehen trifft, war das noch nie eine schlechte Kombination. Pass gut auf dich auf Mädchen, denke ich noch, gehe einen Schritt zur Seite und blicke in das Gesicht von Isaac. Ich habe ihn vor knapp vier Jahren das letzte Mal gesehen, als sein Vater mich ihm im Verlag kurz vorgestellt hatte und habe ihn deutlich schmäler in Erinnerung. »Mein Beileid«, sage ich und reiche ihm die Hand, was ich bei den restlichen Fredricksons nicht gemacht habe. Komisch.

»Danke.« Auch er lächelt kurz. »Wir kennen uns.«

»Ja, ihr Vater hat Sie mir vor ungefähr vier Jahren mal vorgestellt«, gebe ich meinen Gedankengang von gerade zum Besten.

»Genau. Sie sind unsere Verlagsleiterin.«

Ich erschrecke kurz und hoffe, dass Isaac das nicht merkt. *Unsere* Verlagsleiterin. Die Worte hallen bei mir nach. Warum *unsere*? Seit wann spricht Isaac so vom *Manhattan*. »Ja, die bin ich«, sage ich nur.

»Na, dann werden wir ja künftig einiges miteinander zu tun haben.« Er macht eine kurze Pause, in der mein Universum implodiert. »Danke, dass sie gekommen sind!« Das ist dann wohl mein Zeichen und ich gehe an ihm vorbei zum Kirchenportal. Hinter mir höre ich ihn, wie er unseren Chefredakteur begrüßt. »Hallo Ray, oder soll ich *Dead* sagen? Passt heute besser. Schön, dass du es einrichten konntest.« Wirklich, was für ein passender Spitzname bei einer Beerdigung, denke ich und stürze in die Kirche angesichts dieser verbalen Geschmacklosigkeit von Isaac. Ich sehe Gwenn winken, die rechts in einer Kirchenbank sitzt, und ich steuere auf sie zu, alles und jeden um mich herum ignorierend.

»Was machst du denn so lange da draußen?«, fragt sie mich leise, als ich mich neben sie setze. »Was ist denn los? Du schaust, als hättest du den Leibhaftigen gesehen – und das hier.«

»Das ist nah dran«, sage ich und rutsche näher zu ihr hin. »Wir haben ein Problem!« Ich erzähle ihr schnell und ganz leise, diese, in meinen Augen, Ungeheuerlichkeit, die ich aus den Worten Isaacs herausgehört zu haben glaube. »Der will sich den Verlag unter den Nagel reißen«, schließe ich meine Ausführungen, die Gwenn mit ungläubigem Staunen verfolgt.

»Halleluja«, kommentiert sie gewohnt treffend und schaut nach vorne zum Altar, neben dem der geschlossene Sarg unseres Verlegers steht. »Hörst du dieses rotierende Geräusch?«

Ich blicke sie von der Seite an, kurz ratlos angesichts dieses plötzlichen Themenwechsels. »Welches Geräusch?«

»Das ist Maxwell, er rotiert…«

»Gwenn!« Ich gebe ihr einen Klaps auf ihren Schenkel. »Das ist nicht witzig.«

Sie grinst mich an. »Doch, ist es. Und schau mal«, sie deutet mit dem Kinn nach links vorne und ich folge ihrem Blick. »Isaac sammelt seine Truppen.«

Ray Pooler entert gerade die zweite Kirchenbank und setzt sich neben Flannery, direkt hinter die für die Fredricksons reservierte Bank. »Anwalt, Chefredakteur, wer fehlt da sonst noch?«, frage ich, ohne auf eine Antwort zu hoffen.

»Na, ist doch klar, oder?«, fragt Gwenn mich und ich kann nur verständnislos dreinschauen. »Na, du fehlst«, sagt sie, »die Verlagsleiterin.«

»Niemals!« Entschlossen blicke ich meine Kollegin an. »Nicht mit diesen Vaterlandsverrätern!«

»Uhh, das ist hart.«

»Aber gerecht.« Ich ziehe eine Grimasse. »Kann das jetzt endlich mal losgehen? Sind ja hier nicht zum Vergnügen.«

»Amen!«

Wie auf Kommando schreitet Familie Fredrickson zusammen mit dem Pfarrer den Mittelgang entlang und setzt sich in die erste Reihe. Der Pfarrer geht am Sarg vorbei und verschwindet in der Sakristei. Keine Minute später erklingt die Orgel, der Pfarrer kommt wieder hervor und bleibt neben dem Sarg stehen. Er breitet seine Arme aus und fordert uns auf, uns zu erheben. »Wird auch langsam Zeit«, sage ich eigentlich viel zu laut, was aber im Gemurmel und Geraschel der Trauergemeinde untergeht. Zum Glück.

Nach einer Stunde trauriger Lieder, teils qualvoll langer Lobpreisungen auf den Verstorbenen und einer würdevollen Predigt des Pfarrers ist der Trauergottesdienst zu Ende. Wir strömen durch das Kirchenportal, während die Familie Fredrickson noch in der Kirche bleibt und anschließend den Sarg zum Grab geleitet wird. Die Stimmung ist insgesamt dem Anlass entsprechend gedrückt, und ich versuche Gwenn zu finden, die nach rechts die Kirchenbank verlassen hat, während ich links zum Mittelgang rutschte. Statt Gwenn laufe ich Stuart Coyle in die Arme, meinem Pendant bei der *Times*.

»Hi Dayna, lange her«, begrüßt er mich und reicht mir seine Hand.

»Allerdings! Ein oder zwei Jahre?«

»Zu lange, auf jeden Fall. Aber wir telefonieren ja gelegentlich. Geht es Ihnen gut?«

»Na ja, wie es einem so geht auf der Beerdigung seines Chefs«, antworte ich etwas irritiert.

»Ja, tragische Geschichte. Kein Alter – eigentlich.«

»Nein, und er hatte noch so viel vor, sagt man jetzt normalerweise.« Ich verziehe das Gesicht, weil ich nicht weiß, wie der Spruch bei meinem Gegenüber ankommt. Aber der winkt nur mit seiner linken Hand ab, denn, wie ich jetzt erst feststelle, hält er meine rechte immer noch fest umschlossen.

»Kommen Sie mal mit«, sagt er und zieht mich hinter sich her auf den grünen Rasen vor der Kirche. Da ich mich nicht losreißen möchte, folge ich ihm notgedrungen.

»Ich glaube, hier ist es verboten, den Rasen zu betreten«, sage ich und fühle mich wie auf dem Präsentierteller.

»Ach was!« Wieder winkt er ab, diesmal mit seiner rechten Hand, denn er hat mich tatsächlich losgelassen. »Wie sieht's aus bei Ihnen? Zeit für einen Wechsel!?«

Daher weht also der Wind. Ein Abwerbungsgespräch, noch bevor mein Chef unter der Erde ist. »Was hätte ich davon? Außer unter Ihnen zu arbeiten, versteht sich.« Eigentlich mag ich solche Gespräche. Man ist in einer komfortablen Situation, da in ungekündigter Stellung, und das Gegenüber hat etwas von einem Bittsteller. Allerdings ist dieses Gegenüber von der *New York Times* und da ist es dann mit dem Bittsteller vorbei. Aber eigentlich finde ich diesen Zeitpunkt und diesen Ort mehr als unpassend.

»Das ist doch schon eine ganze Menge«, räumt Coyle meinen Einwand mit einem Lächeln zur Seite. »Und Sie dürfen nicht vergessen, dass ich dieses Jahr noch dreiundsechzig werde. Meine Zeit bei der *Times* neigt sich also langsam dem Ende zu und ein geeigneter Nachfolger oder eine Nachfolgerin ist noch nicht in Sicht.«

»Und da kommt diese Beerdigung doch wie gerufen, oder?«

»Sie haben es erkannt, Dayna. Und wenn ich so dem einen oder anderen Gerücht Glauben schenken mag, wird es beim *Manhattan* ja bald ziemlich munter zugehen.«

»Da sind nur Gerüchte, Stuart, wer weiß, was kommt?«

»Oder vielmehr, wer kommt?«, schiebt er die naheliegendste Frage hinterher.

»Wir werden sehen. Danke auf jeden Fall, dass Sie mich da in Erwägung ziehen.«

»Aber natürlich. Überlegen Sie es sich!« Er lächelt freundlich. »Aber nicht zu lange.« Er dreht sich um und geht quer über den Rasen Richtung Straße und lässt mich einfach stehen.

»Dayna!« Ich schaue zur Kirche und entdecke Gwenn, die mich ruft und winkt. Sie will mir entgegenkommen, sinkt allerdings mit ihren Absätzen in den aufgeweichten Rasen und ich rette sie aus der misslichen Lage.

»Du ruinierst dir noch deine Schuhe«, sage ich und schleppe die fluchende Gwenn auf trockenes Terrain.

»Verdammt! Hätte nicht gedacht, dass der Rasen so matschig ist.«

»Du hast für dieses Wetter auch die perfekte Schuhwahl getroffen«, ziehe ich sie auf.

»Tja, wer schön sein will…«

Ich schaue mich um, kann aber niemanden Bekanntes mehr erkennen. »Es scheint, die Party ist vorüber.«

»Und das, ehe sie richtig begonnen hat.«

»Lass uns ein Taxi rufen, ehe wir noch sarkastischer werden«, sage ich und greife zu meinem iPhone.

Zehn Minuten später sitzen wir wieder auf der Rückbank eines Taxis und hängen beide unseren Gedanken nach. Morgen bin ich schon wieder hier und wer weiß, was danach ist. Vielleicht steht dann meine ganze, kleine heile Welt auf dem Kopf. Ich kann mir immer noch keinen Reim darauf machen, warum ich bei der Testamentseröffnung dabei sein soll. Klar, mein Verhältnis zu Maxwell war geprägt von Höflichkeit, gegenseitigem Respekt und sogar fast schon freundschaftlicher Verbundenheit. Wobei er manchmal auch direkt väterliche Anwandlungen an den Tag legte und mit mir über private Dinge reden wollte, die mich betrafen. Allerdings habe ich in solchen Dingen immer schnell abgeblockt, weil mir das dann doch etwas suspekt war. So weit ging die Liebe doch nicht, schließlich war er mein Boss und ich saß ihm meist gegenüber und lag nicht auf seiner Couch.

Aber warum sollte er mich in seinem Testament berücksichtigen? Es muss einen anderen Grund geben. Aber so oder so, morgen bin ich schlauer.

Der Verkehr ist ruhig und wir sind überraschend schnell wieder in Downtown. Vor dem *Manhattan* steigen wir aus und gehen gemeinsam durch die Drehtür. Ich begrüße Jil Feeney, unsere Empfangsdame, die uns auch gleich aufgeregt zu sich herwinkt. Sie sitzt gefühlt schon seit Gründung des Verlags am Empfangstresen und weiß alles, was im Haus passiert, oder auch nicht passiert.

»Und, wie war's«, fragt sie uns. »Wer war alles da, wen habt ihr gesehen?«

»Alle waren da«, sage ich mit etwas genervtem Unterton und verdrehe die Augen.

»Das sieht jetzt aber nicht so begeistert aus«, meint Jil, der meine Reaktion natürlich nicht entgangen ist.

»Willst du gar nicht wissen«, sagt Gwenn und macht eine wegwerfende Handbewegung.

»Jetzt bin ich aber schon neugierig«, bohrt Jil nach. »Sag mal, Jil…«

»Was ist Schätzchen? Was willst du wissen?« Sie lächelt mich an und ich bemühe mich das *Schätzchen* zu ignorieren, mit dem sie mich schon seit Anbeginn meiner Zeit beim *Manhattan* quält. Wobei ich ihr noch nie gesagt habe, dass es mich stört, dass sie mich so nennt. Aus dem Augenwinkel sehe ich, wie Gwenn ein breites Grinsen aufgesetzt hat. Ja, macht euch nur alle lustig über mich.

»Und was findest du so lustig, Gwenn, Schätzchen?«, fragt sie jetzt auch meine Begleitung. Aha, hier ist also jede ein Schätzchen. Irgendwie beruhigend.

»Nix!«, antwortet Gwenn, schaut auf einmal sehr ernst drein und tritt von einem Bein auf das andere, was ich bei ihr so noch nie gesehen habe. »Eigentlich ist zurzeit gar nichts lustig.«

»Da hast du recht, Schätzchen«, sagt Jil und wendet sich wieder mir zu.

»Äh, ja. Ich wollte nur fragen, ob…« Ich überlege kurz, ob ich die Frage wirklich stellen soll.

»Frag nur!«, fordert sie mich auf.

Ich blicke kurz zu Gwenn, die mich direkt ansieht und nachdenklich wirkt. »War in letzter Zeit eigentlich Isaac hier im Verlag?«

»Ah, daher weht der Wind!« Jil setzt sich jetzt in ihren Stuhl und kostet die verrinnenden Sekunden voll aus, in der Gewissheit, dass die zwei Damen vor ihrem Empfangstresen wahrscheinlich gleich vor Neugier platzen. Sie fordert uns auf, etwas näher zu kommen und fährt dann im Flüsterton fort. »Ich habe ihn aktuell dreimal hier gesehen«, sagt sie zu meiner Verblüffung. »Aber…«, und meine neue Meisterin der sprachlichen Kunstpause lehnt sich im Stuhl zurück, »…ich sehe ja nicht alles.«

»Verdammt!« Gwenn flucht leise, was Jil aber unkommentiert lässt.

»War irgendwie klar.« Ich gehe wieder auf Abstand zum Tresen und ziehe Gwenn mit, da der Aufzug zu hören ist und ich in diesen Zeiten, die da wohl auf uns zukommen, nicht gleich Gesprächsthema Nummer eins sein will: *Dayna Fisher beim konspirativen Treffen am Begrüßungstresen beobachtet. Der Beginn einer Verschwörung? Ein Bericht von Ray Dead Pooler. Erfahren Sie mehr auf Seite drei.* Ich bin kurz über mich selbst irritiert und schüttele den Kopf.

»Alles klar bei dir, Dayna?«, fragt mich Gwenn, die sich zu mir umgedreht hat.

»Ja, alles bestens. Gehen wir hoch?!« Ich nicke Jil zu, die wieder ihr professionelles Lächeln aufsetzt und zum Aufzug schaut, aus dem jetzt aber nur ein Wirtschaftsredakteur kommt, der uns nicht beachtet.

»Dayna!«

Ich drehe mich noch einmal zu Jil um und auch Gwenn bleibt stehen. Wieder winkt sie mich zu sich her.

»Willst du denn nicht wissen, mit wem er sich hier getroffen hat?«, fragt sie mich.

»Ich kann es mir denken«, antworte ich und Jil schaut mich erwartungsvoll an. »Ray Pooler.«

»Stimmt. Volltreffer«, sagt sie jetzt sehr leise. »Aber nicht nur…«, wieder so eine Kunstpause, »auch mit deiner Freundin da hinten.«

Ich schaue Jil an und bin mir absolut sicher, mich verhört zu haben. KANN NICHT SEIN, KANN NICHT SEIN, hämmert es in meinem Hirn. Ich sehe das gefrorene Lächeln und das langsame Nicken unserer Empfangs-dame. DOCH KANN SEIN!

3

Ich betrete mein Büro und muss mich zwingen, nicht die Tür hinter mir zuzuschlagen. Stattdessen schließe ich sie so sanft wie möglich und bleibe dann wie angewurzelt stehen und konzentriere mich auf den Schmerz, der seit zwei Minuten zwischen meinen Schulterblättern sitzt, genau an der Stelle, an der mir Gwenn ihren Dolch reingerammt hat. Wie kann sie nur so etwas tun? Ich verstehe es einfach nicht! Haben wir uns nicht immer blind vertraut? Habe ich ihr nicht immer alles erzählt? Fast alles, schränke ich ein. Aber gewisse Dinge durfte ich gar nicht weitergeben, auch nicht an die beste Freundin, die dazu noch meine Arbeitskollegin ist. Aber sonst alles! Was für ein Verrat! Ich muss mich dringend beruhigen und gehe in mein kleines Badezimmer, das in mein Büro während des Umbaus integriert worden war. *Falls Sie mal eine Dusche brauchen - zum Runterkommen*, hatte Maxwell mit einem Lächeln kommentiert, als er mir die Umbaupläne gezeigt hat. Es kam mir nicht wie vier, sondern wie vierhundert Jahre vor, die seit diesem Gespräch vergangen sind. Ich schließe gewohnheitsmäßig hinter mir ab, obwohl ich hier noch nie gestört worden bin, und schaue in den Spiegel, aus dem mich eine gehetzt wirkende Frau im besten Alter anschaut. *Ich kenne dich zwar nicht, rasiere dich aber trotzdem*, kommt mir der Spruch von Paul in den Sinn, den er morgens im Bad schon öfters gebracht hat. Fühle mich ähnlich. Bis vorhin noch eine Verlagsleiterin, die mit Rückendeckung einer großen Herausforderung gegenübersteht, und jetzt, kaum wiederzuerkennen, eine, die zwar immer noch nicht weiß, wie sie das alles meistern soll, dafür aber auf einmal ohne Rückhalt und ganz alleine an der Front. Verdammt! Ich klatsche mir kaltes Wasser ins Gesicht und teste so ganz nebenbei mein wasserfestes Make-up. Hält. Wenigstens ein Erfolgserlebnis. Nachdem ich meine Haare etwas gerichtet habe, verlasse ich das Badezimmer wieder und setze mich hinter den Schreibtisch. Ich fahre den Laptop hoch und checke die Mails. Nichts Wichtiges reingekommen, seit ich gestern Schluss gemacht habe – wie auch? Alle, die was zu sagen haben und mit mir in ständigem Kontakt stehen, waren auf der Beerdigung und haben gerade andere Dinge im Kopf. Ich bleibe an einer Mail von Matt Muller hängen, unserem Anzeigenleiter, die er gestern um 21.54 Uhr verschickt hat. Der Wichtigtuer kennt auch keinen Feierabend. Aber jetzt ist Schluss mit dem Einschleimen beim Chef. Wer es nicht schafft, mir in seiner normalen Arbeitszeit eine Mail zu schreiben, der braucht mich auch nachts nicht mehr vollzuspammen. Ich überfliege den Text mit der durchaus berechtigten Frage, wer denn mit ihm und der Redaktion die Blattstruktur des *Manhattan* festlegt, jetzt, da der Chef das nicht mehr kann. Den Nebensatz hättest du dir sparen können, will ich schreiben, lass es dann aber, und beantworte ihm stattdessen artig seine Frage. *Wenn Maxwell nicht da ist, machen wir zwei das ja gemeinsam – so wie immer,* schreibe ich und füge noch ein *Gilt bis auf Weiteres* hinzu. Ich schicke die Mail ab und frage mich, welchen Hintergedanken diese Frage beinhaltet. Weiß Muller etwas, was ich nicht weiß? Will er mich verunsichern? Aber warum sollte er? Weil ich seit geraumer Zeit mit ihm auf Kriegsfuß stehe, beantworte ich die Frage. Unser Verhältnis ist etwas angespannt, seit er sich mit einer guten Anzeigenkundin angelegt hat, und ich kann nur hoffen, dass sich das wieder einrenkt. Das Letzte, was ich jetzt gebrauchen kann, sind Nebenkriegsschauplätze mit Kollegen und Untergebenen. Aber Muller weiß natürlich, dass er einen der wichtigsten Posten in einem Zeitungsverlag innehat. Und er macht einen guten Job, das muss ich ihm zugestehen – bis auf das eine Mal. Seit er der verantwortliche Mann in der Anzeigenabteilung ist, sind die vormals wegbrechenden Anzeigenumsätze stabil geblieben, in Teilbereichen sogar gestiegen. Und das in einem komplett rückläufigen Markt. Und wer weiß, dass das Anzeigenaufkommen den Umfang einer Zeitung zum großen Teil bestimmt, der kennt auch die Wichtigkeit dieses Jobs. Und trotzdem: WAS SOLL DIESE FRAGE? Es muss mehr dahinterstecken. Ich lese die Mail noch einmal und finde dann auch prompt die fehlenden Puzzleteile. Stehen in der CC-Adresszeile der

Mail. Ray Pooler, Gwenn Connolly, Gordon Flannery und Isaac Fredrickson. Ich fass es nicht! Mit dem letzten verbliebenen Teil meiner Selbstbeherrschung klappe ich den Laptop zu und schmeiße ihn nicht direkt durch das geschlossene Fenster runter auf die Park Avenue. Rebellion! Nichts anderes bedeutet das. Ich bin von Feinden umzingelt. So fühlt es sich auf jeden Fall an und in mir steigt eine unglaubliche Wut auf. Wie konnte Maxwell mir das nur antun? Mich, seine Musterschülerin und Vertraute, ganz alleine im Verlags-Haifischbecken zurückzulassen – ohne Rettungsring und ohne rettendes Ufer in Sicht. Ich lehne mich zurück, schließe die Augen und versuche, mein innerstes Gleichgewicht wiederzufinden, als ich die Bürotür aufgehen höre. Ich blinzele und sehe Gwenn auf mich zu kommen. Na dann. Auf in den Kampf.

»Alles klar bei dir?«, fragt Gwenn allen Ernstes und bleibt vor dem Schreibtisch stehen. »Geht's dir gut? Du bist so blass.«

»Nein, mir geht's nicht gut«, antworte ich wahrheitsgetreu und schaue Gwenn finster an. »Ich habe gerade das Gefühl, dass es hier jemanden oder mehrere gibt, die mir nicht mehr so ganz wohlgesonnen sind.«

»Echt?« Gwenn schaut überrascht. »Und wer? Hast du jemanden in Verdacht?«

Ich verziehe das Gesicht und beobachte ihre Reaktion. »Kennst du auch«, sage ich nur.

»Und wer soll das sein? Hat dir das vorhin Jil geflüstert, als du noch mal zu ihr hin bist?« Gwenn geht einen Schritt rückwärts, merkt dann aber wohl, was das für einen

Eindruck bei mir hinterlässt, und kommt wieder nach vorne. »Der würde ich jetzt nicht alles glauben, was sie mir erzählt.«

»Ich denke, sie ist eine der bestinformierten Personen hier im Verlag.«

»Ja, wahrscheinlich. Sie sieht natürlich sehr viel, aber ob sie das immer richtig interpretiert, was sie sieht, ist doch die Frage.«

»Vielleicht kennst du ja die Interpretationen«, stelle ich mehr fest, als dass ich Gwenn frage. »So aus erster Hand und nicht nur vom Flurfunk...«

»Du meinst natürlich Isaacs Auftauchen hier im Verlag und meine Rolle dabei«, sagt Gwenn zu meiner Verblüffung.

»Zum Beispiel.« Ich versuche cool zu bleiben, obwohl ich innerlich koche.

»Ich hätte dir das spätestens heute erzählt«, will Gwenn mich beschwichtigen. »Nach der Beerdigung – also quasi jetzt.« Sie versucht ein Lächeln, das aber sehr aufgesetzt rüberkommt.

»Na, dann lass mal hören. Ich bin echt gespannt auf deine Erklärung für meine persönliche Enttäuschung des Jahres.« Ich stehe auf und drehe ihr den Rücken zu. Tief hängende Wolken lassen die oberen Stockwerke der Wolkenkratzer verschwinden und die Bäume in der Park Avenue wiegen sich im Wind. Das Wetter ist der Spiegel meiner Seele, denke ich etwas melancholisch und muss an die vielen herrlichen Oktober meiner Kindheit in Connecticut zurückdenken. Wenn die Sonne sich langsam über den Long Island Sound vorarbeitete und die Nebel-schwaden aus den bunten Laubbäumen trieb, dann war New Haven ein einziges Indian-Summer-Klischee und ich liebte es. Jetzt sehe ich dagegen nur Trostlosigkeit, die sich vor mir ausbreitet – draußen und hier drinnen im Büro.

Ich drehe mich wieder zu Gwenn um.

»Was soll ich sagen«, beginnt sie ausweichend und sichtlich Zeit schindend, indem sie sich auf meine Be-suchercouch setzt. »Er kam Dienstag letzter Woche in den Verlag und…«

»Letzten Dienstag?«, unterbreche ich sie. »Du meinst *vor* Maxwells plötzlichem Ableben?« Ich schaue Gwenn zweifelnd an.

»Ja, das hat mich auch gewundert, dass der einfach hier auftaucht und zu seinem Vater will.« Gwenn zuckt mit den Schultern.

»Stopp! Er war bei Maxwell und nicht bei dir?«

»Warum sollte er sich mit mir treffen?«, fragt Gwenn. »Natürlich war er bei seinem Vater.«

»Aber, dann…« Erleichtert lächele ich Gwenn an. Sollte ich mich doch nicht in ihr getäuscht haben?

»Nein, ich habe mich vor Maxwells Tod nicht mit Isaac getroffen, falls du das andeuten wolltest.«

»Und ich habe mir schon Sorgen gemacht…« Mir fällt ein Stein vom Herzen.

»Du siehst irgendwie erleichtert aus, Dayna. Hast du geglaubt, ich hintergehe dich?«

»Also, ich habe mir schon so meine Gedanken ge-macht, als Jil mir gesagt hatte, dass du dich mit Isaac getroffen hast. Und«, ich mache eine kleine Pause, »und ich war echt sauer auf dich, dass du mir das nicht gesagt hast.«

»Ich hätte es dir natürlich gesagt, dass Isaac im Verlag war, aber Maxwell hatte mir einen Maulkorb verpasst. Ich durfte einfach nicht.«

»Okay. Klar. Ich hätte es auch gleich überall herumerzählt…«, sage ich mit sarkastischem Unterton, was ich aber gleich wieder bereue, da Gwenn eine beleidigte Miene aufsetzt. »Weißt du wenigstens, um was es bei dem Gespräch ging?«, frage ich.

»Nein, ich habe ihn nur in der Lobby bei Jil abgeholt und in das Büro seines Vaters gebracht«, sagt sie leicht schnippisch.

»Klar! Isaac war nach dem Umbau nie mehr hier im Verlag, der wusste gar nicht, wo das neue Büro ist.« Ich grübele etwas und setze mich wieder in meinen Stuhl. »Macht Sinn.«

»Was macht Sinn? Meine Argumentation? Bin ich jetzt entlastet?« Gwenn scheint jetzt richtig sauer auf mich zu sein.

»Tut mir leid«, sage ich, stehe auf und gehe zu Gwenn. Sie sitzt mit übereinandergeschlagenen Beinen auf meiner Couch und wartet auf meinen nächsten Schritt. Ich strecke ihr meine Hand entgegen, sie ergreift sie und lässt sich von mir auf die Beine helfen. Ich umarme sie und drücke sie fest an mich. »Sorry. Ich wusste echt nicht, wie ich das alles einordnen soll. Und dann kam noch diese komische Mail von Muller wegen der Blattstruktur. Es ist alles sehr merkwürdig.«

»Finde ich nicht«, sagt Gwenn, setzt sich wieder hin und zieht mich zu sich auf die Couch. »Der geht eben auch auf Nummer sicher. Ist auch eine sehr unsichere Zeit – ohne Chef.«

»Da hast du auch wieder recht.«

»Wie immer!«, schmunzelt sie. »Mädelsabend?« Gwenn schaut mich auffordernd an.

»Heute?«, frage ich zurück.

»Ja, warum nicht? Nach dieser Beerdigung können wir bestimmt etwas Ablenkung gebrauchen.«

»Das stimmt zwar, aber morgen ist auch die Testamentseröffnung und da sollte ich vielleicht nüchtern und ausgeschlafen erscheinen.«

»Ach was!«, winkt Gwenn ab. »Das erträgst du nur mit genügend Restalkohol im Blut.«

»Wahrscheinlich. Und wo willst du hin? *Dead Rabbit*? Da waren wir schon lange nicht mehr.« Die Aussicht auf einen Abend im Pub lässt meine Stimmung steigen.

»Bin dabei. Sollen wir die Jungs auch mitnehmen?«, fragt Gwenn sicherheitshalber, ahnt meine Antwort wohl aber schon, wie ich an ihrem Gesichtsausdruck ablesen kann.

»Das schaffen wir heute mal alleine.« Ich lache. »Aber bis dahin sollte ich noch etwas Vorbereitung in den morgigen Tag stecken und mal mit Muller telefonieren. Die Zeitung muss raus. Beerdigung hin, *Dead Rabbit* her…«

»Dann bis später«, verabschiedet sich Gwenn und stöckelt aus meinem Büro.

Ich greife zum Telefon und wähle die Kurzwahl von Muller. Es klingelt einmal und er hebt ab. »Wird auch Zeit«, sagt er zur Begrüßung.

»Hallo Matt!«, sage ich. »Was machen wir denn morgen? Vierundsechzig oder zweiundsiebzig Seiten?«

»Sechsundsiebzig«, gibt er zur Antwort. »Wir haben alleine drei Seiten mit Traueranzeigen für Maxwell.«

»Perfekt! Dann hat sich das alles ja wenigstens monetär gelohnt.« Ich halte den Hörer etwas vom Ohr weg, weil Muller lauthals ins Telefon lacht.

»Auch eine Art, mit dem Tod vom Chef umzugehen«, sagt er, als sein Lachen endlich verstummt.

»Wer geht wie mit dem Tod um?«, frage ich und mir wird etwas heiß, weil er den Spruch vielleicht falsch verstanden hat.

»Humor ist, wenn man trotzdem lacht, Dayna. Ich schick dir den Fahrplan von morgen durch. Pooler hat ihn schon gesehen und abgenickt.«

»Okay. Ich schaue drüber und melde mich bei dir.«

»Alles klar«, höre ich und dann ein Klicken. Zwei Sekunden später schlägt die Mail mit dem Fahrplan für die morgige Ausgabe des *Manhattan* bei mir auf. Ich überfliege ihn und stelle fest, dass die Familienanzeigen, worunter auch die Todesanzeigen fallen, ganze sechs Seiten füllen. Ansonsten gibt es keine Besonderheiten für die morgige Samstagsausgabe. Ich schreibe Muller eine Antwort-Mail und setze unseren Chefredakteur in CC. Das ging heute schnell, wobei ich jetzt auch keine große Lust auf irgendwelche Diskussionen mit irgendeinem Ressortleiter über eine Seite mehr oder weniger für Sport oder Wirtschaft oder sonst was habe. Ich schließe das Mailprogramm, starte den Browser und gebe *The Dead Rabbit* ins Suchfenster ein. Okay, hat offen, dann ist der Abend gerettet. Ich schreibe Paul eine SMS, dass er heute auf mich verzichten muss. Da er nicht sofort antwortet und ich nicht warten will, schalte ich mein Handy aus. Ich überlege kurz, ob ich ihm einen Besuch in der Redaktion abstatten soll, verwerfe die Idee aber wieder. Ist bestimmt im Stress und ich würde nur stören. Stattdessen rufe ich meine Ausarbeitung über die vergangene und zukünftige Abonnenten- und Auflagenentwicklung des *Manhattan* auf, die seit letzter Woche auf meinem Rechner schlummert. Mein letzter Arbeitsauftrag von Maxwell, zur Präsentation kam es dann nicht mehr. Mal sehen, wem ich das alles noch präsentieren muss. Isaac würde es wahrscheinlich überhaupt nicht kapieren, was ich da vortrage. Aber wer weiß, wer kommt?

4

Um 17.00 Uhr treffe ich mich mit Gwenn in der Lobby. Jil ist nicht an ihrem Platz, was mir die Entscheidung abnimmt, ihr ein paar Worte zu flüstern. »Bist du bereit?«, frage ich Gwenn rein rhetorisch, da sie für einen Mädelsabend eigentlich immer bereit ist.

»Was ist denn das für eine Frage? Ich war noch nie bereiter.«

»Bereit und bald breit«, lache ich und nehme ihren Arm.

»Darauf kannst du wetten.«

Wir gehen durch die Eingangstür und laufen rüber zur Park Avenue. Wir bahnen uns einen Weg durch die Menschenmassen, die alle dem Wetter trotzen und die Gehwege bevölkern. Einen Block weiter biegen wir in die Lexington und laufen runter zur 77. Wir reihen uns in die Schlange der Pendler, die alle in die Subway-Station strömen und haben dann Glück, dass wir gleich in die erste

Bahn steigen können. An einen Sitzplatz ist natürlich nicht zu denken und wir stehen dicht gedrängt im Waggon und halten uns an den Halteschlaufen fest, was aber eigentlich unnötig ist, da ein Umfallen schlicht nicht möglich ist.

»Man merkt, dass Freitag ist«, sage ich, aber Gwenn nickt nur abwesend, weil sie bei einem Sitzenden in der *Times* mitliest. »Und, was schreibt die Konkurrenz so?«, frage ich sie.

»Als ob du die *Times* heute nicht schon durch hast«, sagt Gwenn.

»Nur durchgeblättert. Hatte heute schlichtweg keine Zeit, mit all den Beerdigungen, Taxifahrten und Gesprächen mit Kollegen.«

»Steht wie immer das Gleiche drin wie bei uns. Alles ganz normal. Kennst du eine, kennst du alle.«

»Sag das mal nicht zu laut«, ermahne ich Gwenn scherzhaft.

»Stimmt doch!«

»Das wissen wir, aber nicht der Leser. Außerdem kannst du ja wohl nicht die *Times* mit unserem Käseblatt vergleichen. Oder bin ich zu hart in meinem Urteil?« Ich setze eine nachdenkliche Miene auf und sehe, wie Gwenn anfängt zu grinsen. »Nein, bin ich nicht!«, ergänze ich sinnierend.

»Für welche Zeitung arbeiten Sie denn?«, fragt auf einmal der *Times*-Leser und auch sein Sitznachbar, Typ Banker, schaut mich erwartungsvoll an.

»*Washington Post*«, antworte ich bierernst und Gwenn muss sich richtig anstrengen, nicht loszulachen. Der

Fragesteller nickt nur, als würde er sich in seinem Urteil bestätigt fühlen, und widmet sich wieder seiner Lektüre. Der Banker schüttelt dagegen den Kopf und beginnt uns zu ignorieren. Da sitzen zwei gegensätzliche Welten nebeneinander und ich wage keine Prognose, was passieren würde, wenn ich den beiden Herren erzähle, dass wir für den *Manhattan* arbeiten. Wahrscheinlich würden sie uns beide auslachen. Führt eben ein Nischendasein in der New Yorker Presselandschaft, aber das seit vielen Jahrzehnten erfolgreich. Und solange das Gehalt pünktlich auf dem Konto ist…

»*Bowling Green.* Bei der übernächsten Station müssen wir«, sagt Gwenn und zeigt auf den Plan und wir orientieren uns schon mal Richtung Tür, da wir während der letzten Haltestellen immer mehr in die Mitte gedrängt worden sind. Dann ist es so weit. Wir drängeln durch die anderen Gäste und haben Glück, dass noch mehr Leute aussteigen. Wieder an der Oberfläche angekommen, lassen wir den Battery Park rechts liegen, überqueren den Broadway und laufen durch den Financial District bis zur Water Street, wo sich unser heutiges Ziel befindet. *The Dead Rabbit,* unser allerliebster Irish Pub in New York, der den Ruf genießt, die beste Bar der Welt zu beherbergen. Es ist kurz vor 18.00 Uhr und wir müssen nur kurz anstehen, bevor wir hineingelassen werden.

»Sollen wir gleich hochgehen?«, fragt mich Gwenn, da es im Pub, der sich im Erdgeschoss befindet, schon richtig voll ist und in Zweierreihen hinter dem Tresen gestanden wird.

»Ja, zu viel los heute. Ich dachte eigentlich wir sind früh dran…«

»Alle anderen wohl auch«, lacht Gwenn und zieht mich zur Treppe in den ersten Stock. Der Typ, der die Treppe kontrolliert, kennt uns zum Glück und lässt uns ohne Probleme nach oben. Wir sind hier zwar keine Dauergäste, aber doch oft genug da, um erkannt zu werden. Die Cocktailbar ist noch nicht so voll wie der Pub und es ist sogar am Ende der Theke noch ein Barhocker frei.

»Das ist meiner«, stürmt Gwenn auf dem letzten Meter an mir vorbei und lässt sich auf dem Hocker mit einem Seufzer nieder. »Ich spüre meine Füße nicht mehr«, stöhnt sie und streift sich ihre High Heels von den Füßen.

»Das glaube ich«, lächle ich mitleidsvoll. »Aber wir tauschen später. Bin auch nicht mehr so gut zu Fuß.«

Der Mittdreißiger auf dem Barhocker neben Gwenn dreht sich zu uns und mustert uns von oben bis unten. »Wo kommt ihr denn her? Von einer Beerdigung?«

»Und wenn's so wäre?«, frage ich zurück. »Hast du ein Problem mit schwarzen Klamotten?«

»Nein, überhaupt nicht.« Er dreht sich wieder weg und beginnt mit seinem Sitznachbarn auf der anderen Seite zu reden.

»Oder vielleicht mit Schwarzen?«, lege ich nach, was er aber ignoriert.

»Warum bist du denn so agro, Dayna? Und wenn hier einer mit Schwarzen Probleme haben sollte, dann werde ich das mit ihm persönlich regeln und außerdem sieht der doch gut aus«, flüstert sie mir ins Ohr.

»Nicht mein Typ«, sage ich nur.

»Aber meiner.« Sie grinst über beide Ohren. »Was trinkst du?«, fragt sie dann. »Wie immer?«

»Yep! Einmal *Old Fashioned*.«

»Alles klar. Ich auch wie immer.« Sie dreht sich um, als auch schon der Barkeeper vor ihr steht. »Einen *Manhattan* und einen *Old Fashioned*, bitte.«

»Kommt sofort.«

»Die beiden Drinks gehen auf mich«, sagt plötzlich der Typ neben Gwenn und schaut uns grinsend an. »Soll so eine Art Entschuldigung sein, für meine Frage vorhin.«

»Geht klar. Entschuldigung angenommen!«, sagt Gwenn sofort, ohne meine Antwort abzuwarten, und strahlt den Typen an. Ich verdrehe die Augen, was sie aber nicht sieht. Was soll's, denke ich, sechzehn Dollar für den Cocktail gespart.

»Und übrigens, wir kommen wirklich von einer Beerdigung. Dein Tipp war also richtig«, legt Gwenn jetzt los und klimpert mit ihren Wimpern. Das kann ja heiter werden, denke ich noch, bevor es wirklich heiter wird.

»Und? Wen hat es erwischt? Wahrscheinlich euern Chef und deshalb geht ihr jetzt noch feiern, oder?«, meint der Typ und lacht dröhnend, was ich als sehr unangenehm empfinde, da der Lärmpegel eh schon hoch ist.

»Schon wieder Volltreffer«, höre ich Gwenn sagen, bevor ich sie irgendwie einbremsen kann. »Woher weißt du denn das alles? Das ist ja echt unheimlich.« Sie rutscht auf ihrem Barhocker etwas nach vorne, näher hin zu dem Typen.

»Das war leicht«, sagt er dann und ich ahne fast, was dann auch tatsächlich so kommt. »St. Paul's Episcopal Church, Maxwell Fredrickson.«

Gwenn sitzt mit offenem Mund da und ich kann einfach nicht anders und berühre mit meinem Zeigefinger ihre offene Kinnlade und schiebe sie nach oben.

»Ihr seid zwei Reihen vor mir gesessen«, erklärt er noch und grinst sich eins.

»Okay. Du bist mir gar nicht aufgefallen«, meint die noch immer ziemlich konsterniert wirkende Gwenn, nur um wahrscheinlich irgendwas zu sagen.

»Gwenn!« Ich stupse sie am Arm. »Ich muss mir mal kurz die Nase pudern. Kommst du bitte mit!?«

»Was? Dayna?«

»Toilette!«, sage ich nur.

»Ja, muss auch.«

Ich ziehe eine Grimasse und zerre Gwenn vom Barhocker. Hinter mir her hüpfend, zieht sie sich ihre Schuhe an und wir sind endlich außer Sicht- und Hörweite. Vor den Toiletten ist eine kleine Warteschlange und ich nehme Gwenn ins Gebet. »Könntest du bitte vorher kurz mit mir Rücksprache halten, wenn du hier unsere berufliche Laufbahn für zwei Cocktails aufs Spiel setzt.«

»Jetzt übertreib mal nicht. Konnte ja nicht ahnen, dass der auch auf der Beerdigung war. Woher auch?«

»Klar kannst du das nicht wissen, aber provozieren braucht man das ja auch nicht. Du hättest es ihm aber eh gesagt.«

»Das stimmt.« Sie grinst und entschwindet in einer Kabine, obwohl ich eigentlich vor ihr stehe. Sie wartet dann auf mich und wir gehen gemeinsam wieder zur Bar.

Der Typ spricht wieder mit seinem Nebensitzer, als er uns bemerkt. »Das seid ihr ja wieder, ihr zwei Hübschen!«

Gwenn wird, glaube ich, zehn Zentimeter größer bei dem Kompliment und setzt sich wieder auf den Barhocker. Sie schlägt die Beine übereinander und dreht sich von mir weg zu ihrem neuen Verehrer hin – oder ist sie die Verehrerin? Seine Hand ist jedenfalls nur Zentimeter von ihrem Knie weg und ich greife meinen *Old Fashioned*. Einen viel zu großen Schluck später denke ich, dass das vielleicht doch keine so gute Idee mit dem Mädelsabend war.

»Oh, Dayna, willst du dich mal hinsetzen?«, fragt sie mich plötzlich, wohl einer spontanen Eingebung folgend.

«Nein, lass mal. Noch kann ich stehen.«

»Okay. Melde dich aber.« Sie wendet sich wieder ab. »Wie heißt du eigentlich?«, geht Gwenn jetzt zum Frontalangriff über. »Ich bin Gwenn und das ist Dayna.« Sie macht eine Handbewegung in meine Richtung, als ob sie per Anhalter fahren möchte.

»Hi Gwenn, hi Dayna! Steve«, Steve hebt die Hand, »und das neben mir ist Josh.«

»Hi!«, sagt Josh und lächelt über Steves Schulter erst Gwenn an und dann mich. Ich hebe nur kurz meine Hand, sage aber nichts. Das Ganze scheint etwas außer Kontrolle zu geraten. Joshs Lächeln wird immer breiter und er hört überhaupt nicht auf, mich anzustarren, bis ich es nicht mehr ertrage und beginne, in meiner Handtasche nach irgendetwas zu suchen, nur um seinem Blick auszuweichen.

»Und warum warst du auf der Beerdigung?«, fragt Gwenn die Frage aller Fragen.

»Bin ein Freund der Familie«, antwortet Steve. »Echt hart. War ein echter Schlag für alle. Vor allem Isaac hat es ziemlich mitgenommen. Er war ja ein Herz und eine Seele mit seinem Vater.« Er nimmt einen Schluck von seinem Whiskey und mir kommt fast mein *Old Fashioned* wieder hoch, als ich das höre. Auch Gwenn schaut entgeistert, sagt aber auch nichts. Das nimmt hier immer bizarrere Züge an.

»Bist du näher bekannt mit Isaac?«, bohrt Gwenn dann doch nach, als das Gespräch auch nach sehr langen dreißig Sekunden nicht mehr von allein in Gang kommen will.

»Geht so. Unsere Familien sind schon Jahrzehnte miteinander befreundet. Ich kenn ihn schon von klein auf.«

»Okay«, erwidert Gwenn nachdenklich und schaut mich seit Langem mal wieder an. Ich nutze die Gelegenheit und deute mit den Augen Richtung Ausgang. Irgendwie will ich hier raus, bevor noch Dinge passieren, die nicht mit einem Cocktail zu beheben sind. Sie nickt und ich entspanne mich etwas. Jetzt heißt es nur noch, den Abgang irgendwie gut hinzukriegen, ohne dass es zu plump wirkt. Ich zücke mein Handy und schaue auf den Bildschirm, dann packe ich es wieder weg.

»Paul kommt vorbei und holt uns ab«, schwindele ich und schaue in die Runde.

»Oh! Gut! Habe mich schon gefragt, wie wir heimkommen«, geht Gwenn auf meine Finte ein.

Steve und Josh schauen etwas bedröppelt drein. »Das hätten wir auch übernehmen können«, versucht Steve zu retten, was nicht zu retten ist.

»Ja, klar. Versteht sich von selbst«, ergänzt Josh hilflos.

»Passt schon«, sage ich. »Er setzt dich dann bei Marcus ab, okay?«

»Äh, ja.« Gwenns Miene verfinstert sich etwas, aber sie geht nicht weiter drauf ein.

»Marcus…« Steve scheint jetzt aller Illusionen beraubt, sollte er sich in der letzten halben Stunde je Hoffnung gemacht haben.

Ich stürze den Rest meines Cocktails hinunter und hoffe Gwenn nimmt das als Aufforderung wahr, jetzt den Abgang zu machen.

»Okay. War nett. Danke für die Drinks«, sagt sie und rutscht vom Barhocker.

»Ja, bis dann mal.« Steve hebt die Hand zum Abschied.

»Ciao, bella ragazza«, sagt Josh, der jetzt wohl zum Italiener mutiert ist. Ich hoffe es ist ein Kompliment, weil ich nicht weiß, was *ragazza* bedeutet. Aber egal, wir haben es geschafft.

»Bye«, wähle ich den kürzesten Gruß, der mir einfällt, ergreife Gwenns Hand und lasse mich von ihr durch die, jetzt brechend volle Bar ziehen. An der Treppe müssen wir kurz warten, bis wir hinunterkönnen. Auch im Pub ist die Hölle los. Jetzt noch durch die Tür, die Steinstufen runter und wir stehen auf der Straße und atmen kräftig durch.

»Mannomann! Wer hatte noch mal die Idee zu einem Mädelsabend im *Dead Rabbit*?« Ich blicke zu Gwenn, die aber auf ihr Handy starrt. »Egal«, murmele ich und schaue mich um. Die Water Street ist gut mit Feiervolk gefüllt, aber ich kann niemand Bekanntes entdecken – zum Glück.

»Marcus holt uns ab«, sagt Gwenn plötzlich und ich drehe mich zu ihr um.

»Okay. Gut. Dann habe ich noch nicht einmal gelogen, als ich gesagt habe, dass wir abgeholt werden.«

Gwenn verzieht das Gesicht. »Dafür hättest du vorhin aber nicht Marcus erwähnen müssen.«

»Ich wollte dich nur etwas in deinem Tatendrang bremsen. Du bist ja ganz schön rangegangen…«

»Und? Darf ich das nicht?«

»Äh, nein!« Ich schaue sie angriffslustig an. »Du bist mit Marcus zusammen.«

»Ja, schon. Aber zurzeit ist bei uns etwas der Wurm drin.« Gwenn schaut missmutig drein. »Weiß nicht, ob wir dieses Jahr noch überstehen.«

»Echt jetzt? Davon hast du ja gar nichts erzählt. Ich dachte, ihr seid ein Herz und eine Seele.«

»Das war mal. Eigentlich streiten wir nur, wenn wir uns sehen, und ich überlege mir schon, ob ich wieder bei ihm ausziehe.«

Darauf erwidere ich erst mal nichts, weil ich echt baff bin. Gwenn war erst vor ein paar Wochen aus ihrer Wohnung ausgezogen, um mehr Zeit mit ihm zu verbringen, hatte aber, auf meinen Rat hin, ihre Wohnung noch nicht gekündigt. »Dann zieh doch wieder in deine Wohnung.

Vielleicht tut euch beiden etwas Abstand gut und ihr freut euch wieder mehr aufeinander.« Das klingt jetzt irgendwie nach Paartherapie, aber zu meiner Überraschung nickt Gwenn.

»Vielleicht hast du recht. Das Zusammenziehen war wahrscheinlich wirklich keine gute Idee.«

»Ich könnte aktuell nicht mit Paul zusammenleben. Der ist mir viel zu sprunghaft und…«

»Das war er aber schon immer, oder?«, unterbricht mich Gwenn.

»Ja, schon. Aber es wird schlimmer.«

»Du sprichst davon, als wäre es eine Krankheit, dabei ist er doch nur etwas hibbelig.« Gwenn grinst mich an, weil sie genau weiß, dass das die Untertreibung des Jahres ist. Paul ist ein ständiger Unruheherd, immer auf Achse und alles, nur kein Ruhepol, den ich manchmal so dringend brauche.

»Ich bräuchte echt mal einen etwas bodenständigeren Freund, der mir abends erst mal einen Tee macht, wenn ich nach Hause komme, mit mir meine Lieblingsserie rauf und runter schaut und mich nicht gleich wieder irgendwohin schleppt…«

»Also einen langweiligen Spießer.«

»Wäre das so schlimm?«, frage ich.

»Als Nächstes willst du dann vielleicht auch noch Kinder«, lacht Gwenn laut auf und verdreht die Augen.

»Äh, ja, vielleicht? Irgendwann.«

»Genau auf dieses Wort kommt es an, Dayna!« Sie zeigt mit ihrem schwarz lackierten Zeigefinger auf mich. Ich schaue sie fragend an und lasse mir zu viel Zeit bei der Antwort, die sie von mir hören will, ohne überhaupt eine Frage gestellt zu haben.

»*Irgendwann* ist das entscheidende Wort. Auch ich kann mir natürlich Kinder vorstellen…«

»Ich könnte dir dabei helfen«, sagt ein Typ Anfang zwanzig, der an uns vorbeigeht, über beide Ohren grinsend. Gwenn ignoriert den Zwischenruf allerdings souverän und winkt nur ab.

»Werd erst mal erwachsen«, rufe ich dem Typen hinterher.

Der dreht sich um und fasst sich zwischen die Beine. »Soll ich dir zeigen, wie erwachsen ich bin?«

Ich zeige ihm den Mittelfinger und schaue Gwenn wieder an, die mit dem Kopf schüttelt.

»Voll agro heute, die gute Dayna!«, sagt sie.

»Zu Recht! Heute sind auch nur Arschlöcher unterwegs«, verteidige ich mich.

»Themenwechsel: Kinder. Klar. Aber jetzt doch noch nicht. Jetzt geht es nur um uns und nicht um irgendwelche Typen, die eh nur mit dir in die Kiste wollen und dich ihren Kumpels als Trophäe vorführen.«

»Tut Marcus das?«, frage ich erstaunt, da ich so ein Verhalten bei ihm noch gar nicht mitbekommen habe.

»Nein, natürlich nicht. Sonst würde er es mit mir zu tun bekommen. Der traut sich so was bei mir nicht.«

»So ein Spießer«, gebe ich zurück und handele mir dafür einen Hieb auf den Oberarm ein.

»Quatsch, Spießer! Marcus weiß eben, was er an mir hat. Der will mich nicht verärgern.«

»Speichellecker«, ziehe ich Gwenn weiter auf. »Deshalb kommt er ja auch gleich angefahren, wenn du ihn rufst.« Ich wedele mit meinem Handy und weiß natürlich genau, dass auch Paul uns hier herausholen würde.

»Aha!«, ruft Gwenn. »Die Dame möchte wohl mit der U-Bahn nach Hause fahren und nicht auf dem Rücksitz eines Mercedes.«

»Doch, doch. Ein Mercedes ist immer vorzuziehen«, sage ich und grinse. »Wo sammelt er uns auf?«

Gwenn checkt noch einmal ihr Handy. »Vorne, Ecke Broad Street. In zehn Minuten ist er da.«

»Okay. Dann los.« Es sind nur ein paar Meter bis zur Broad Street und wir warten an der Ecke. Kurze Zeit später kommt Marcus mit seiner E-Klasse und hält genau vor uns.

»Wo soll's denn hingehen?«, fragt er und lehnt sich zum offenen Beifahrerfenster herüber.

»Nach Hause bitte!«, antwortet Gwenn, läuft zum Fenster, streckt den Kopf ins Innere und küsst Marcus.

Darauf kann ich mir jetzt keinen so rechten Reim machen und denke an Gwenns Knie und die Hand ihres Nebensitzers in Reichweite. »Davor schmeißt du mich bitte in Hell's Kitchen raus.« Ich öffne die hintere Tür und steige ein.

»Kann ich einrichten«, entgegnet Marcus. »Weil du es bist.«

»Das ist aber sehr nett«, bedanke ich mich, da ich natürlich weiß, was ich an diesem Freundschafts-Service habe, denn revanchieren kann ich mich nicht. Ich hatte noch nie ein Auto und, da bin ich mir ziemlich sicher, solange ich hier in Manhattan wohne, werde ich mir auch keines kaufen. Würde eh zu 99,9 Prozent in der Tiefgarage stehen und vor sich hin rosten. Bin eben ein Kind der Subway und der Busse.

»Fasten your seat belts, ladies!«, fordert Marcus uns auf, gerade so, als ob wir die *500 Meilen von Indianapolis* in Angriff nehmen und nicht im Stop and Go durch Manhattan tuckern.

»Kann losgehen«, antworte ich und mache es mir bequem.

»Auf was wartest du denn?«, lacht Gwenn und tätschelt ihrem Freund den Schenkel. Der lässt das natürlich nicht unbeantwortet und beginnt mit seiner Rechten die freigelegten Beine von Gwenn zu massieren, während er sportlich anfährt. Da ich hinter Marcus sitze, komme ich bei der Fummelei voll auf meine Kosten, kann meinen Blick aber gerade noch rechtzeitig losreißen, um Marcus zu warnen.

»Vorsicht!«, rufe ich. Marcus steht voll auf der Bremse und kommt vor drei Fußgängern zum Stehen, die die Straße überqueren wollen.

»Verdammt! Das war knapp!«, keucht er, zieht seine Hand unter Gwenns Rock hervor und winkt die Passanten über die Straße.

»Konzentrier dich bitte mal auf die Straße und nicht so sehr auf die Schenkel von Gwenn«, weise ich ihn schulmeisterlich zurecht.

»Das geht normalerweise auch zusammen«, erwidert Marcus. »Wenn nicht gerade drei Idioten über die Straße rennen«, ergänzt er noch, wie zur Entschuldigung.

»Alles zu seiner Zeit!«

»Hast du überhaupt einen Führerschein, Dayna? Kannst du da überhaupt mitreden?«, fragt Marcus und grinst mich im Innenspiegel an.

»Genau! Hast du?«, fällt mir auch Gwenn in den Rücken.

»Klar, hab ich einen Führerschein. Wo ich herkomme, geht nix ohne Auto.«

»Und wann bist du das letzte Mal gefahren? Vor hundert Jahren?«, zieht mich Marcus weiter auf.

Ich sehe, wie Gwenn anfängt zu glucksen und überlege wohl einen Tick zu lang.

»So lange gleich.« Marcus lacht, als hätte er einen Spitzenwitz rausgehauen, aber ich lache nicht mit.

»Ist schon ein Weilchen her«, antworte ich. »Aber für Fußgänger-über-den-Haufen-Fahren würde es noch locker reichen.«

»Ja, gib's ihm«, meldet sich Gwenn. »Marcus konnte noch nie gut Auto fahren.«

»Aha! Interessant!« Jetzt ist es an mir, Marcus über den Innenspiegel anzugrinsen.

»Das war hart«, mault Marcus zu Gwenn rüber. »Ich fahre super!«

»Ja, ja. Klar!« Gwenn grinst und dreht sich zu mir nach hinten. »Er meint wahrscheinlich auch, dass er gut im Bett ist«, flüstert sie so leise, dass Marcus es auf keinen Fall verstehen kann, und macht dabei ein Gesicht, als hätte sie in eine Zitrone gebissen.

»Was flüstert ihr denn da herum?« Unser Chauffeur ist sichtlich genervt, schaltet das Radio an und dreht die Lautstärke auf.

»Party!«, kreischt Gwenn, als würde sie nicht im Auto sitzen, sondern die Tanzfläche im *Lavo* stürmen. Sie dreht sich wieder nach vorne und fängt an, sich im Rhythmus der House-Beats zu verrenken. Das ist mir jetzt alles ein bisschen too much und ich hoffe inständig, dass Marcus den kürzesten und schnellsten Weg zu mir nach Hause findet.

Drei Lieder von Marcus' Playlist und einen Hörschaden später entfliehe ich der rollenden Disco und winke den beiden hinterher. Geschafft! Ich schaue auf mein Handy und kann nicht fassen, dass es erst 19.30 Uhr ist. Ich fühle mich, als hätte ich die Nacht durchgemacht, und gehe durch die geöffnete Tür. Ricardos neuer Kollege Michael hat Dienst und begrüßt mich freundlich.

»So früh am Freitagabend schon zu Hause, Miss Fisher?«

»Sie können mich Dayna nennen, Michael, und ja, war ein langer Tag und ich freue mich auf einen ruhigen Abend.«

»Dann wünsche ich Ihnen diesen, aber«, er deutet auf die kleine Sitzgruppe in der Lobby, »es erwartet Sie ein Herr.«

»Oh! Okay. Danke!« Irritiert schaue ich zu den vier Sesseln, von denen einer belegt ist. Das erkenne ich allerdings nur an den übereinandergeschlagenen Beinen, die als Einziges zu sehen sind. Der Rest des Mannes ist vom Ohrensessel verdeckt. Ich gehe etwas unsicher und mit einem mulmigen Gefühl zur Sitzgruppe hinüber. Ich erkenne die Person immer noch nicht, als sie sich plötzlich aus dem Sessel erhebt und zu mir dreht.

»Hallo Dayna!«

Ich erstarre in der Bewegung, als wäre ich spontan auf den Marmorfliesen festgefroren, und es läuft mir kalt den Rücken hinunter. *What the f...*, will ich sagen, presse stattdessen aber gerade noch ein »Hallo Isaac!« hervor.

5

Isaac kommt auf mich zu und reicht mir die Hand. Ich ergreife sie und spüre seinen festen Händedruck, der aber weit davon entfernt ist, mir die Hand zu zerquetschen. *Wohl dosiert* kommt mir in den Sinn und ich begegne seinem Blick, der mich kurz aus der Bahn wirft. Hatte Isaac schon immer stahlblaue Augen, die perfekt zu seinen blonden Haaren und dem 10-Tage-Bart passen? Das eine Mal im Verlag, als ich ihn getroffen hatte, war mir das alles auf jeden Fall nicht aufgefallen und bei der Beerdigung heute… - mein Gott war ich nervös gewesen, als ich so vor der Familie Fredrickson stand. Wie jetzt. Shit!

»Dayna«, sagt er nochmals und bringt mich zurück ins Hier und Jetzt, in die Lobby meines Appartementhauses.

»Isaac! Ich habe den halben Tag an Sie denken müssen«, sage ich – warum auch immer? Was für eine Steilvorlage, die mein Gegenüber auch gleich aufnimmt.

»Was? Nur den halben Tag? Da bin ich aber enttäuscht«, er lächelt mich unwiderstehlich an und mir wird ganz heiß.

»Immerhin«, antworte ich und beginne meine Selbstsicherheit wiederzugewinnen. »Was gibt es denn so Dringendes, das nicht bis morgen warten kann?«, frage ich etwas frech angesichts der Möglichkeit, dass ich vielleicht meinem zukünftigen Chef gegenüberstehe.

Isaacs Augen blitzen mich kurz an und ich meine, sein Lächeln gefriert etwas, aber ich kann mich auch täuschen.

»Kommt es Ihnen etwa ungelegen, dass ich so unverhofft bei Ihnen hereinschneie?« Er legt den Kopf ein bisschen schief und mustert mich dann von unten nach oben, wobei sein Blick ziemlich lange auf meinen Ankle Boots hängen bleibt.

»Nein, nein«, beschwichtige ich, »keineswegs. Bin nur ein bisschen müde und hungrig, und da bin ich immer gereizt.« Ich frage mich, warum ich mich gerade entschuldige - aber gut.

»Das kenn ich. Wenn ich hungrig bin, werde ich auch unausstehlich.« Sein Lächeln geht in ein Grinsen über. »Deswegen wollte ich Sie auch zum Dinner einladen – natürlich in der Hoffnung, dass Sie noch nichts gegessen haben.«

»Also, ich habe heute wirklich noch nichts Richtiges gegessen, lege aber Wert darauf, nicht als unausstehlich zu gelten, nur weil ich hungrig bin.«

Isaac winkt ab und lacht. »Sind Sie nicht, keine Angst. Also, wie sieht's aus?«

»Bin dabei.«

»Perfekt!«

»Ich müsste aber kurz noch hoch in meine Wohnung und mich etwas frisch machen.«

»Klar. Kein Problem. Ich warte dann hier so lange.« Isaac nickt in Richtung der Sitzgruppe.

Ich schaue mich kurz um, sehe aber nur Michael, der durch die Eingangstür nach draußen schaut. »Wollen Sie nicht mit hochkommen?«, frage ich Isaac aus lauter Höflichkeit, nicht dass ich auch nur im Geringsten erwarte, dass er *nicht* hier unten in der Lobby bleibt und hier auf mich wartet.

»Ja, sehr gern«, antwortet er stattdessen und ich sitze in meiner selbst gestellten Höflichkeits-Falle.

»Okaaay«, sage ich nach einer etwas zu langen Bedenkzeit.

»Oder ist es Ihnen nicht recht?«, fragt er zurück, weil ich wahrscheinlich schon puterrot angelaufen bin.

»Doch, doch. Warum denn nicht? Sonst hätte ich ja nicht gefragt«, entgegne ich und rette mich gerade so über die Klippe, ohne dass es peinlich wird – hoffe ich.

Fünf Minuten später stehe ich im Bad, frische mein Make-up auf und bringe meine Frisur wieder in Form. Ich habe Isaac auf meine Couch platziert und ihm einen Drink angeboten, den er aber ablehnte. Stattdessen bräuchte ich ganz dringend einen, angesichts des anstehenden Abends und der Versuchung, die auf dem Sofa auf mich wartet. Ich streiche das Wort *Versuchung* und denke kurz an Paul, der jetzt wahrscheinlich noch im Verlag sitzt und die letzten Worte eines Artikels für die morgige Ausgabe des *Manhattan* ins Redaktionssystem hämmert. Ich verdränge Paul wieder aus meinen Gedanken und widme mich dafür der nächsten Herausforderung: Was ziehe ich um Gottes Willen an? Ich könnte natürlich das Kleid anlassen und vielleicht nur auf elegantere Schuhe wechseln... wäre sogar die schlaueste Lösung, überlege ich und zupfe den schwarzen Stoff zurecht. Mein Entschluss steht fest und ich verlasse das Badezimmer und schaue kurz ins Wohnzimmer. Da ich strümpfig unterwegs bin, hört mich Isaac nicht kommen und so ertappe ich ihn, wie er vor dem dunkelbraunen Sideboard steht und meine Familienfotos anschaut, die dort aufgereiht sind – zusammen mit dem Pärchen-Foto mit Paul vor den Niagara-Fällen vom letzten Frühjahr.

»Immer noch keinen Drink?«, frage ich in die Stille hinein und Isaac fährt erschrocken herum. Allerdings hat er sich innerhalb Sekundenbruchteilen wieder gefangen und schüttelt seinen hübschen Kopf.

»Nein, wirklich nicht! Eine nette Familie haben Sie da«, nickt er anerkennend, als ob ich etwas dafürkönnte. »Ihre Eltern?« Er nimmt ein Bild vom Sideboard und dreht es kurz in meine Richtung, ehe er es wieder betrachtet.

»Äh, ja und nein.« Ich gehe zu ihm und wir schauen zusammen auf das Bild. »Das sind meine Adoptiveltern...« Ich lasse den Satz ausklingen und warte auf seine Reaktion. Da diese aber ausbleibt und er wohl auf weitere Erklärungen meinerseits wartet, spanne ich ihn nicht länger auf die

Folter. »Meine Mutter ist bei einem Autounfall ums Leben gekommen, als ich drei war. Meinen Vater habe ich nie kennengelernt, hat sich aus dem Staub gemacht, als meine Mutter schwanger wurde.«

»Das tut mir leid«, sagt Isaac und versucht etwas Mitgefühl in seine Stimme zu legen. Ich habe keine Ahnung, ob er das ernst meint, aber er rückt ein paar Zentimeter an mich heran und achtet dabei darauf, dass er nicht mit seinen *Allen Edmonds* auf meine Zehen tritt.

»Muss es nicht«, antworte ich und er schaut überrascht. »Diese beiden hier«, ich nehme ihm das Bild aus der Hand, »sind das Beste, was mir passieren konnte.« Vorsichtig stelle ich das Bild zurück an seinen Platz, wo es Isaac noch einmal betrachtet. »Bin fünfzehn auf dem Bild«, gebe ich ihm die Antwort auf seine nicht gestellte Frage.

»Wie es scheint, hatten Sie eine glückliche Kindheit.« Er lächelt, den Blick auf das Bild gerichtet.

Ich habe keine Ahnung, wie er anhand einer Momentaufnahme, eines Schnappschusses, Rückschlüsse auf meine Kindheit ziehen kann, aber gut, vielleicht hat er ja auch mal einen Psychologie-Kurs in Princeton besucht – lächerlich. Isaac weiß wahrscheinlich nicht einmal, wie man *Psychologie* schreibt. »Die hatte ich wirklich«, entgegne ich und behalte meine Gedanken lieber für mich. »Ich hoffe, Sie auch«, rutscht es mir dann noch raus. Fuck!

Isaac wendet sich von dem Bild ab und schaut mich mit überraschter Miene an. »Ich bin der Sohn von Maxwell Fredrickson«, antwortet er nach kurzer Bedenkzeit, die mir wie eine Ewigkeit vorkommt und in der ich meine Karriere beim *Manhattan* den Bach runtergehen sehe, »und, was glauben Sie, Dayna? Hatte ich eine glückliche Kindheit?«

»Ähm, ich denke…«, stottere ich, »ja, schon. Ihre Familie hat alles, was man so zum Überleben braucht. Ich denke schon, dass Sie glücklich waren und noch sind. Natürlich abgesehen davon, dass Ihr Vater gerade erst gestorben ist.«

»Das haben Sie schön gesagt: *Was man so zum Überleben braucht* – aber ansonsten? Mit *glücklich sein* hatte das alles nur sehr wenig zu tun, das können Sie mir glauben. Aber deswegen bin ich eigentlich gar nicht hier, Dayna, um über meine oder Ihre Kindheit zu sprechen.«

»Sondern, um mich zum Abendessen einzuladen«, unterbreche ich Isaac vorlaut. Irgendwie hat mich sein letztes Statement zu seiner Familie berührt und mich innerhalb weniger Sekunden ein noch nicht sehr großes, aber schon spürbares Vertrauensverhältnis aufbauen lassen. Und ich hoffe, ihm geht es genauso.

Er zeigt mit dem Zeigefinger auf mich und grinst. »Dazu sollten Sie aber unbedingt noch ein Paar Schuhe anziehen.«

Fünf Minuten später sitze ich mal wieder auf der Rückbank eines Taxis. Neben mir Isaac, dessen verstohlene Blicke auf meine Knie mir nicht verborgen bleiben. Hoffentlich dauert die Fahrt nicht allzu lange, denke ich mir, als Isaac die kurze, für ein New Yorker Taxi, ungewohnte Stille unterbricht.

»Wollen Sie nicht wissen, wohin ich Sie entführe?«

Die Frage ist jetzt nicht sehr originell, aber ich mache mal mit. »Wohin entführen Sie mich, Isaac?«

»Kennen Sie *The Modern*?«

»Im MoMA?«

»Ja, genau! Waren Sie schon mal dort?«

»Also im Museum of Modern Art schon«, lache ich, »im Restaurant dagegen noch nicht.«

»Das ist jetzt kein gewöhnliches Museums-Restaurant«, verzieht Isaac etwas die Miene. »Hat immerhin zwei Michelin-Sterne.«

»Okay«, sage ich nur, da mir Restaurant-Auszeichnungen eigentlich schnuppe sind. »Hört sich teuer an«, ergänze ich noch, um mich doch etwas beeindruckt zu zeigen.

»Geht so«, meint Isaac, dem es wahrscheinlich auf ein paar Hundert Dollar mehr oder weniger auch nicht ankommt. »Habe meine Beziehungen spielen lassen und wirklich ganz kurzfristig den Kitchen-Table bekommen…«

»Und da sitzen wir dann wahrscheinlich in der Küche und schauen den Köchen beim Kochen zu, oder?« Das fände ich jetzt zwar ein bisschen affig, falls das so wäre, aber gut.

»Yes! Und dazu gibt es ein fantastisches Menü. Sie werden begeistert sein.«

Das hoffe ich und sage: »Da bin ich mal froh, dass ich heute ziemlich ausgehungert bin.« Mir knurrt wirklich der Magen und ich kann es kaum erwarten, etwas auf dem Teller zu haben.

»Perfekt! Und da sind wir auch schon.« Das Taxi hält und Isaac gibt dem Fahrer einen Zwanzigdollarschein. Das MoMA befindet sich in der gleichen Straße wie mein Appartement, nur ein paar Blocks weiter, und somit eigentlich nur einen Katzensprung entfernt. Ich öffne meine Tür und will aussteigen, aber Isaac ist schon da, streckt mir seine Hand entgegen und hilft mir, ganz Gentleman, aus dem Auto auf meine High Heels. Dann nehme ich seinen angebotenen Arm und hake mich unter. Obwohl ich hohe Schuhe trage, bin ich deutlich kleiner als er, was für mich ungewohnt ist, da Paul gleich groß ist wie ich. Aus diesem Grund verzichte ich auch auf hohe Schuhe, wenn ich mit ihm ausgehe. Irgendwie bin ich da ein bisschen altmodisch: Kann ein kleinerer Mann, Freund, Begleiter ein Beschützer sein? Ich weiß, ich tue Paul unrecht, aber an Isaacs Seite fühle ich mich gerade irgendwie sicherer. Komisch.

»Guten Abend, Mr. Fredrickson!«

»Hallo Joseph!« Isaac begrüßt den Mann am Empfangstisch.

»Sie haben heute den *Kitchen Table* wie ich sehe.« Er winkt einen Angestellten zu sich und wechselt ein paar Worte mit ihm. »Ich wünsche Ihnen einen schönen Abend, Mr. Fredrickson! Miss Fisher!« Dann wendet er sich an die nächsten Gäste hinter uns.

Wir werden durch das Restaurant geführt und dann direkt hinein in die große Küche. An einem schmalen halbrunden Tisch ist für zwei Personen gedeckt, direkt gegenüber wuseln bestimmt ein Dutzend Köche und

Köchinnen um die Herde herum und alles ist erfüllt vom Klappern der Töpfe und Pfannen und den Kommandos, Rufen und Anweisungen.

»Na, zu viel versprochen?«

»Nein! Das ist…«, ich suche nach den richtigen Worten, »toll«. Mir fällt wirklich nichts Besseres ein.

»Ich finde das sensationell!« Er gibt dem Angestellten fünf Dollar und unsere Mäntel mit.

Ich setze mich, schaue kurz dem Treiben an den Herden zu und muss an den Wok-Imbiss in der 57th denken. Auch dort schaut man den Köchen zu und das Essen schmeckt fantastisch. Ich sage aber nichts und überlege mir stattdessen, woher der Typ am Empfang meinen Namen kennt und woher Isaac wusste, dass ich nach Hause kam.

»Sie schauen so nachdenklich«, spricht mich Isaac natürlich auch gleich an. Mein Gesicht ist mal wieder ein offenes Buch, das mein Innerstes nach außen kehrt.

»Sie waren sich sicher, dass ich mitkomme, oder?«

»Weil Joseph Ihren Namen kennt?«

Okay, dumm ist er nicht, oder er kann meine Gedanken lesen. »Auch! Und der Tisch hier ist doch normalerweise für vier Personen, oder? Und wir haben ihn ganz für uns allein. Er ist auf jeden Fall zu groß für die zwei einsamen Gedecke.«

»Sie haben mit allem recht«, lacht Isaac, ergreift sein Glas und nimmt einen Schluck von dem Wein, der schon die ganze Zeit eingeschenkt darauf wartet, von uns endlich getrunken zu werden. »Oh, entschuldigen Sie bitte,

Dayna!« Er setzt noch einmal ab und wartet dann, bis auch ich mein Glas angehoben habe.

»Cheers! Auf einen ganz besonderen Abend!« Er stößt sein Glas gegen meins und wenn es nicht so laut gewesen wäre, hätte man das Geräusch sogar gehört.

»Cheers!«, sage ich und nippe an dem sehr, sehr trockenen Roten.

»Brunello di Montalcino«, erklärt Isaac und ich nicke geflissentlich, auch wenn ich jetzt lieber ein Bier hätte. »Trinken Sie gerne Wein?«, fragt er sicherheitshalber noch.

Ich wiege den Kopf hin und her. »Falls der *Wein* aus Hopfen und Malz auch zählt, dann schon.«

»Sie wollen ein Bier?!« Kein Problem!« Isaac schaut sich nach einem Kellner um.

»Nein, nein, lassen Sie mal«, bremse ich ihn ein. »Das passt schon. Ab und zu trinke ich gerne einen…«, ich mache eine kleine Kunstpause, »Weißwein«, und vollende den Satz mit einem Lachen.

Isaac zeigt schon wieder mit dem Finger auf mich und lacht ebenfalls. Na ja, das Eis scheint jedenfalls zu schmelzen.

Eine Stunde später sitzen wir immer noch am Kitchen Table und ich rühre etwas lustlos mit einem kleinen Löffel in meiner Crème brûlée herum. Nicht, dass sie nicht schmecken würde, sie ist sogar vorzüglich, aber ich kann einfach nicht mehr. Die Portionen waren zwar nicht riesig, dafür aber zu viele.

»Ich schaff es, glaube ich, nicht mehr.«

»Kein Problem«, antwortet mein Gastgeber und hebt seinen kleinen Löffel, mit dem er gerade die letzten Reste aus seinem Schälchen gekratzt hat. »Darf ich?«

Überrascht schaue ich Isaac an. Hätte ich nicht gedacht, dass er mir den Nachtisch stibitzen will – und das in so einem Nobelschuppen. »Ja, klar«, sage ich und schiebe ihm diskret die Schüssel rüber. Gleichzeitig schnappe ich mir seine leere. »Nicht, dass wir noch vom Küchenchef Lokalverbot bekommen, weil wir nicht aufgegessen haben.«

»Sehr gut! Daran habe ich gar nicht gedacht.« Isaac grinst mich an und lässt einen Löffel Nachspeise zwischen seinen Lippen verschwinden. Als er seinen Löffel wieder belädt, schaut er mich an. »Alles schaffe ich aber auch nicht mehr. Sie müssen mir schon helfen... Sie wissen schon, wegen dem Küchenchef.« Er nickt in Richtung der Küche, in der jetzt etwas Ruhe eingekehrt ist.

»Aber nur einen Löffel, sonst platze ich, und das wäre kein schöner Anblick.« Ich nehme meinen Löffel wieder zur Hand, aber Isaac lässt schon seinen vollgeladenen vor meinem Mund schweben. Vorsicht, Dayna! Ab hier wird das Eis vollends brüchig, schießt es mir durch meine Gehirnwindungen, wenn sich nicht sogar eine ganze Gletscherspalte unter mir auftut. Mein Blick geht vom schwebenden Löffel nach oben und trifft – natürlich – Isaacs. Er hat mir eine Falle gestellt und ich dummes Huhn bin voll hineingetappt – und er genießt es, das sehe ich ihm an. Ich schwanke zwischen *Augen zu und durch* und *Was für eine Versuchung* und entscheide mich für eine dritte

Variante: »Aber nur wenn es zum Nachtisch noch ein Bier gibt!«

»Aber hier ist doch das Dessert!« Verschmitzt grinst er mich an und die Doppeldeutigkeit seiner Worte lassen mich erröten. Es fühlt sich auf jeden Fall so an, da mir die Hitze über den Nacken Richtung Ohren steigt. Ich beende die Szene, indem ich den vor mir schwebenden Löffel seiner Bestimmung zuführe.

»Das Bier nachher geht auf Sie.« Ich lecke mir über die Lippen, um den letzten Rest Crème brûlée zu erwischen, was Isaac *sehr* aufmerksam verfolgt.

»Na dann, los!« Er steht von seinem Stuhl auf, legt seine Serviette auf den Tisch und tritt hinter meinen Stuhl.

»Ähm, okay.« Ich nehme meine Serviette aus dem Schoß, wische mir sicherheitshalber nochmal über die Lippen und stehe ebenfalls auf. Isaac reicht mir wieder seinen Arm und ich hake mich unter. So verlassen wir die Küche und betreten das eigentliche Restaurant, in dem immer noch zahlreiche Tische belegt sind. Isaac hebt seine Hand, was Joseph am Empfang sogleich wahrnimmt und zur Garderobe eilt, um unsere Mäntel zu holen.

»Hat es Ihnen bei uns gefallen, Miss Fisher?«

»Ja, sehr. Das Essen war vorzüglich«, antworte ich höflich.

»Wie immer, Joseph!«, ergänzt Isaac und dreht sich Richtung Ausgang.

Ich muss die Drehung mitmachen, um nicht das Gleichgewicht zu verlieren, und winke Joseph zum

Abschied, was der aber schon nicht mehr mitbekommt, da sein Telefon klingelt.

Wir treten hinaus ins Freie und mich fröstelt augenblicklich. Der Wind vom East River fegt ums MoMA und ich ziehe das Genick ein.

»Ist Ihnen kalt?«, fragt Isaac und legt den Arm um mich, an dem ich mich gerade noch untergehakt habe.

Da ist sie also, die Gletscherspalte – passend zur aktuellen Temperatur in New York. »Geht so«, sage ich nur und lasse seinen Arm genau da wo er sich befindet.

»Ab ins Taxi und dann…«, vollendet er den Satz *nicht*.

»Brauchen wir nicht«, sage ich unterdessen. »Sie schulden mir ein Bier und das gibt es hier ein paar Blocks weiter.«

»Okay!« Mit hochgezogenen Augenbrauen schaut Isaac mich an. »Dann bring mich mal dahin, Dayna!«

Ich falle und unter mir ist nur Eis und Schnee. Die letzte Brücke ist zerbrochen. *Paul* - ein Gedankenblitz, weiter nichts, so schnell gekommen und so schnell wieder weg - »Komm mit. Hier geht's lang«, ich trete einen Schritt zur Seite, ergreife Isaacs Hand und ziehe ihn hinter mir her.

Ich ziehe die Tür zu *Alfie's Kitchen & Craft Beer Bar* auf und drängle mich ins aufgeheizte Innere. Die Kneipe ist rappelvoll und die Aussicht auf einen Sitzplatz gleich null, obwohl ich den dringend benötigen würde, da mir die Strecke vom MoMA bis hier zur 9th Ave Ecke 53rd St nicht wie 700 Meter, sondern wie sieben Kilometer vorgekommen ist. Sneakers, wo seid ihr, wenn man euch braucht...

»Ist es hier immer so voll?«, fragt Isaac hinter mir durch den Lärm.

»Freitags und samstags immer. Aber so oft bin ich nicht hier, um da eine genaue Auskunft geben zu können.«

»Warum nicht? Der Laden gefällt mir. Schön rustikal.«

Ich habe keine Ahnung, ob mich Isaac auf den Arm nimmt oder ihm das *Alfie's* wirklich zusagt. Das *Modern* spricht auf jeden Fall schon mal für das Erste. »Ja, find ich auch. Das Hypermoderne kann man ja bald nicht mehr sehen.« Ich bleibe jetzt mitten im Gewühl stehen und drehe mich ganz zu Isaac hin. »Ist doch ein krasser Schnitt gegenüber dem *Modern*, oder?«

»Allerdings! Was willst du trinken?« Isaac schaut zur Bar auf die vollgeschriebene Tafel.

»Bier!«, antworte ich.

»Und welche Sorte? Hier gibt es ja nicht nur eine.«

»Allagash White.« Ich meine, dass ich davon beim letzten Besuch hier mit Gwenn keine Kopfschmerzen bekommen habe.

»Okay. Nehm ich auch.« Isaac kämpft sich bis an die Bar und versucht auf sich aufmerksam zu machen. Groß genug ist er ja eigentlich. Sollte also schnell klappen, hoffe ich. Ich schaue mich um, so gut das eben bei dem Gedränge geht, entdecke aber erneut niemanden den ich kenne, was natürlich von Vorteil ist. Muss ich mir schon keine Kommentare und Fragen zu meiner Begleitung anhören. Isaac dreht sich zu mir um und unsere Blicke begegnen sich. Er hebt die Schultern und zeigt zur Theke, was wohl so viel heißen soll, dass das noch etwas dauert mit dem Bier. Ich nicke und versuche ihm dadurch, meine volle Unterstützung bei der Bier-Beschaffung zukommen zu lassen. Vorhin im *Modern* hat uns der Kellner alle Wünsche schon erfüllt, bevor wir sie ausgesprochen hatten. Hier ist etwas mehr Eigeninitiative gefragt, aber Isaac packt das schon. Ich muss lächeln, als mir gerade diese Gedanken in den Sinn kommen, hatte Isaac doch vorhin beim Essen von Ähnlichem gesprochen. Dass wir es packen. Den digitalen Umbruch, die Herausforderung zu überleben im erodierenden Markt der Verlage. Quasi alle Zukunfts-themen, die ich schon seit Jahren beackere und Maxwell häppchenweise versuchte beizubringen, diesem Dino-saurier der New Yorker Verlagsbranche. Meinen Lieb-lingsspruch *Verlage, die nicht mit der Zeit gehen, gehen mit der Zeit* hat er meist nur mit einem Lächeln quittiert und auf die letzten Jahrzehnte verwiesen. Na ja. Isaac hat da vorhin ganz andere Töne angestimmt, wobei ich mir immer noch keinen Reim darauf machen kann, warum er sich auf einmal so gut in der Materie auskennt. Der hat sich doch nie für irgendetwas anderes interessiert, als auf möglichst unterhaltsame Weise das Familienvermögen zu reduzieren – so jedenfalls die weitverbreitete Meinung der Klatsch-presse – und der Mitarbeiter des *Manhattan*! Mich einge-schlossen. Und jetzt fängt er zwischen Vorspeisensalat und Suppe davon an, den Auf- und Ausbau unserer digitalen Ausgabe so weit voranzutreiben, bis wir die Führerschaft in diesem Segment in New York innehaben. Meinen

Einwand, dass das aber jede Menge Dollars kosten würde, die ja erstmal mit dem klassischen Geschäft, Print und Anzeigen, erwirtschaftet werden müssten, hat er dann kurzerhand mit *Die Kriegskasse ist gut gefüllt* gekontert. Irgendwie beruhigend, dass da noch irgendwo Cash schlummert, von dem die Verlagsleiterin nichts weiß. *Gehen Sie mit mir diesen Weg, Dayna?*, hat er mich dann noch gefragt, was ich mit einem Schluck *Brunello* erst mal sacken ließ, bevor ich *Natürlich* geantwortet habe. Was auch sonst? Schließlich stellt der zukünftige Chef diese Frage.

»So, da bin ich wieder!« Plötzlich steht Isaac wieder vor mir, inklusive zweier Biere, einem breiten Lächeln und stolzem Gesichtsausdruck. »Das war harte Arbeit!«, meint er und ich weiß, dass er eigentlich noch nie hart gearbeitet hat. »Isaac«, er stößt sein Glas gegen meins und macht es quasi offiziell.

»Dayna«, antworte ich. Da wäre sie also, die Verbrüderung mit dem Chef – ich nehme einen großen Schluck.

»Ich weiß!«, lacht Isaac und trinkt das Glas halb leer. »Ich freue mich wirklich, dass wir uns so gut verstehen«, legt er nach.

Tun wir das, frage ich mich und schaue ihn direkt über den Rand meines Glases an, während ich noch einen Schluck nehme. Das kühle Bier läuft runter wie Öl und ich bin froh, dass ich im *Modern* eine gute Grundlage geschaffen habe. Ich sage erst mal nichts zu seiner Behauptung und werde mir heute Nacht oder morgen darüber meine Gedanken machen. Apropos Morgen! Morgen ist die

Testamentseröffnung und ich habe immer noch keine Eingebung, warum ausgerechnet ich bei diesem Event dabei sein darf bzw. muss. Vielleicht sollte ich mal mutig sein und meinen neuen Duz-Bruder fragen.

»Weißt du, warum ich morgen bei der Testamentseröffnung dabei bin?«, frage ich dann auch sofort, bevor mich der Mut wieder verlässt, wobei ich mich auf das *Du* echt konzentrieren muss.

Isaacs Augen werden kurz zu kleinen Schlitzen angesichts dieser Frage und ich glaube für einen Moment sogar, zu weit gegangen zu sein, aber da hat er sich auch schon wieder gefangen. »Ich habe wirklich keine Ahnung!« Hinter ihm quetscht sich jemand durch die Menge und drückt Isaac noch ein paar Zentimeter näher an mich heran, sodass sich unsere Gläser berühren. Noch so eine Schubserei und er liegt in meinen Armen. »Ich habe mich das auch schon öfters gefragt, seit ich davon gehört habe.«

»So geht's mir auch«, sage ich ehrlich.

»Wahrscheinlich weil du gerade die ranghöchste Mitarbeiterin beim *Manhattan* bist. Was anderes kann es schließlich auch nicht sein, oder?«

»Nein, was sonst auch?« Ich setze mein Glas an und trinke den Rest aus. Alle weiteren Spekulationen, die ich schon angestellt habe, seit ich von meiner Einladung erfahren habe, sind so was von lächerlich und weit hergeholt, dass ich sie bestimmt nicht Isaac auf die Nase binden werde.

»Na ja«, setzt Isaac an, »vielleicht bist du die uneheliche Tochter meines Vaters und er setzt dich als Alleinerbin ein.

Dann bekommst du morgen den Verlag und ein paar Immobilien obendrauf.«

Ich breche in schallendes Gelächter aus. »Der war gut«, sage ich und versuche mit meinem Lachen die Absurdität dieser Aussage zu untermauern. »Das ist ja dann doch ziemlich ausgeschlossen.«

»Warum?« Isaac wirkt auf einmal sehr ernst. »Mein Vater ist so oft fremdgegangen, da liegt so etwas durchaus drin.«

»Oh! Das wusste ich nicht.« Ich bin echt baff. »Deine Eltern wirkten immer so…«, ich suche das richtige Wort.

»Welches Wort du jetzt auch immer einsetzen willst, es ist das falsche. Das war alles Fassade.« Er schaut mich mit seinen blauen Augen an, die mich jetzt an klare Bergseen in den Rocky Mountains erinnern. Gwenn würde bei diesem Vergleich wahrscheinlich schreiend davonlaufen oder mir ein Taschentuch reichen, mit dem wir dann unsere Tränen trocknen, weil er doch so passend und romantisch ist. Aber wahrscheinlich Ersteres… Ich muss lächeln, als ich an sie denke.

»Warum lächelst du«, fragt mich Isaac, »meine Mutter kann darüber nicht mehr hinweglächeln.«

»Oh, entschuldige bitte! Ich musste nur gerade an jemanden denken, als ich in deinen blauen Augen versunken bin.« Ups! Warum trage ich mein Herz eigentlich immer auf der Zunge?

»Okay. Entschuldigung angenommen!« Er grinst und ich merke, wie er mit seiner rechten Hand, die linke hält sein Bierglas, meine linke versucht zu ertasten. Ich komme ihm etwas entgegen und unsere Finger greifen ineinander. Ab jetzt kann ich für nichts mehr garantieren und Isaac wohl auch nicht. »Sollen wir?« Sein Blick deutet in Richtung Tür, die sich hinter mir befindet. Ich nicke nur, weil ich keinen Ton herausbringen würde.

Isaac nimmt mir mein Bierglas ab und schlängelt sich dann mit mir im Schlepptau durch die Leute zum Ausgang. Er stellt die Gläser einfach auf einen Tisch, an dem vier Leute sitzen, aber ehe die irgendwas sagen können, sind wir schon draußen. Ich sauge die frische Nachtluft ein und schaue zu Isaac, der ein Taxi anhält. Hat wahrscheinlich keinen Führerschein oder kein Auto. Ich lächle und muss an Gwenn und Marcus denken.

»Dayna?« Isaac steht am Taxi und hält die Tür auf. Ich gehe die drei Meter zu ihm und er hilft mir beim Einsteigen. Er zieht die Tür zu und schaut mir kurz in die Augen und wendet sich dann dem Fahrer zu, der sich zu uns nach hinten gedreht hat.

»1214 Fifth Avenue«, gibt Isaac dem Fahrer die Adresse. Upper East Side – wo sonst, denke ich und stelle mir ein Luxusappartement mit Blick auf den Central Park vor. »Dauert nicht lange«, meint Isaac und dreht sich zu mir. Er rutscht näher an mich heran und ich versinke schon wieder in seinen Augen, versuche aber trotzdem noch die Kontrolle zu behalten – vergebens. Seine Lippen berühren erst meine Wange und dann küsst er mich zärtlich und ich kann nicht widerstehen. Dann spüre ich seine Hand auf meinem Knie, wie sie nach oben wandert, unter das Kleid rutscht und… Halt! Stopp!, denke ich und dann fährt es aus mir heraus: »Lass das! Nimm deine Finger da weg!« Ich schiebe ihn von mir weg und rutsche ganz nach rechts an die Seite.

»Okay, okay. Kein Problem.« Isaac tritt zum Rückzug an und setzt sich auf seine Seite. »Ich dachte, dass…«

»Kannst du mich bitte nach Hause bringen?« Ich blicke in blaue Augen, die mich zwischen beleidigt und enttäuscht anschauen. »Zu mir«, ergänze ich sicherheitshalber.

»Natürlich!« Isaac klopft an die Trennscheibe zum Taxifahrer. »Kleine Planänderung! W 53rd Street, bitte!«

Ich sehe, wie der Taxifahrer die Stirn runzelt. »Okay!«

Zehn Minuten später hält er vor meinem Appartementhaus, dort, wo dieser Abend seine Fortsetzung gefunden hatte. Isaac steigt aus, eilt um das Taxi herum und hält mir die Tür auf. Und wieder nehme ich seine ausgestreckte Hand und lasse mir beim Aussteigen helfen. »Wir sehen uns dann morgen«, sage ich.

»Ja, bis morgen, Dayna. Und entschuldige bitte, wenn ich gerade zu weit gegangen sein sollte, aber…«

»Auch mir tut es leid, aber es ging mir gerade doch alles zu schnell.«

»Kein Problem! Bis morgen.« Isaac steigt wieder ins Taxi und ich sehe durch die Scheibe, wie er seine Hand hebt und lächelt. *Kein Problem*, meint er und er lächelt immer noch, trotz der Abfuhr, die er sich bei mir eingehandelt hat. Ich meine aber, etwas Gequältes in seinem Lächeln zu erkennen. Wahrscheinlich ist er es nicht gewohnt, *nicht* am ersten Abend mit dem Date im Bett zu landen. Gut so!

»Guten Abend, Miss Fisher!« Michael hält mir die Tür auf und ich schlüpfe in die Lobby.

»Hallo Michael, Sie können mich immer noch Dayna nennen«, erinnere ich den Portier, als ich zum Aufzug gehe.

»Dann gute Nacht, Dayna«, ruft er mir hinterher.

Ich strecke meinen Daumen hoch und verschwinde im Aufzug.

In meiner Wohnung angekommen, finde ich als Erstes mein Handy, das auf dem Schuhschrank liegt und vor sich hin blinkt. Das habe ich vorhin doch tatsächlich vergessen und den ganzen Abend nicht vermisst. Ich entsperre den Bildschirm. Eine Nachricht von Gwenn und sieben von Paul holen mich zurück in die Wirklichkeit.

6

Als der Wecker um 6.30 Uhr klingelt, schrecke ich aus einem unruhigen Schlaf. Mein Standard-Albtraum hat mich wieder gequält und ich versuche die Bilder meiner tot im Gras liegenden Mutter zu verdrängen, was mir aber immer schwerer fällt, je älter ich werde. Noch vor ein paar Jahren war der Unfall nur ein - lange zurückliegendes - Kindheitsereignis, das mich nicht sonderlich belastet hat. Aber aus irgendeinem Grund, der mir noch nicht klar ist, drängt sich diese Zäsur zurück in mein Unterbewusstsein und schlägt sich nachts ihre Bahn. Ich stemme mich hoch und vertreibe die Gedanken, da ich mich heute mit meiner Zukunft beschäftigen muss und nicht mit der Vergangenheit.

Zu allem Überfluss dröhnt aber mein Kopf, nie mehr Bier auf Brunello, und ich schwinge meine Beine aus dem Bett, auch wenn es schwerfällt. Draußen ist es fast noch dunkel, was ich an den nicht zugezogenen Vorhängen erkenne. Ich muss dringend unter die Dusche und zum

Frühstück gibt es dann Aspirin. Vorher bestelle ich aber noch ein Taxi auf halb 9, das sollte eigentlich reichen, um pünktlich bis um 10 Uhr auf dem Familiensitz der Fredricksons zu erscheinen. Heute ist Zuspätkommen noch eine schlechtere Option als bei der Beerdigung. Kaum vorstellbar, ich erbe den ganzen Laden und bin nicht dabei. Lächelnd drehe ich das Wasser auf und genieße die nächsten Minuten unter der Dusche.

Als ich mich abtrockne, höre ich mein Handy klingeln. Ich wickele mir das Handtuch um den Körper und folge dem Geräusch ins Wohnzimmer, nasse Tritte auf dem Parkett hinterlassend. Entweder Gwenn, Paul oder... Mein Herz macht einen kleinen Hüpfer, als ich an Isaac denke, und ich stelle mir vor, wie ich nur mit einem Handtuch bekleidet jetzt in seiner Wohnung stehe und Pauls Nummer auf dem Display betrachte. Ignorieren oder rangehen?

»Hallo Paul! Warum bist du denn so früh auf? Es ist Samstag.« Meine Stimme klingt so beiläufig wie möglich, hoffe ich zumindest.

»Dich gibt's ja doch noch!«

»Ja, warum auch nicht?«

»Hast du nicht meine Nachrichten gesehen?«

»Doch schon, aber es war spät und es hat sich jetzt nicht so dringend angehört.«

»Wollte nur wissen, wie es dir geht«, meint Paul und bringt es auf den Punkt, für den er gestern sieben WhatsApp-Nachrichten benötigt hat, womit sich mal wieder meine Meinung zum Thema WhatsApp bestätigt hat –

84

es wird zu viel durch die Welt geschickt. Aber Paul ist einer der wenigen Amerikaner, die das auch so exzessiv nutzen.

»Eben.«

»Warst du unterwegs?«

»Ja, mit Gwenn. Nach der Beerdigung waren wir noch kurz im Verlag und brauchten anschließend noch einen Absacker«, und das war noch nicht einmal gelogen, beruhige ich mich selber.

»Ja, ich weiß«, sagt Paul und ich spüre, wie die Hitze in mir aufsteigt. Verdammt, verdammt!

»Habe mit ihr so gegen acht gesprochen, als sie mit Marcus daheim auf der Couch saß, und da hab ich gedacht, dass…« Paul lässt den Satz ausklingen und ich weiß nicht, was ich sagen soll. »Habe mir also ein bisschen Sorgen gemacht, nachdem du auf die ersten zwei, drei Nachrichten nicht geantwortet hast.«

Warum habe ich nur mein Handy vergessen, ich Huhn, denke ich und muss mir jetzt echt was einfallen lassen, sonst war's das endgültig mit unserer On- und Off-Beziehung. »Tut mir leid, Paul! Isaac hat mich noch zum Dinner eingeladen und…«

»Isaac!? Der Isaac? Fredrickson?«

»Ja, der Isaac!«, sage ich gereizt, weil ich es überhaupt nicht leiden kann, wenn jemand überflüssige Fragen stellt.

»Okay! Ich hoffe ihr hattet einen schönen Abend!« Klick.

Ich starre mein Handy an. Wie kann er nur einfach das Gespräch beenden, ohne mich das erklären zu lassen? Ich betätige den Rückruf und höre das Klingeln, das aber abrupt endet, als er mich wegdrückt. Dann halt nicht! Wütend schmeiße ich das Telefon auf das Sofa, hole es dann aber wieder und lege es auf den Schuhschrank. Sicher ist sicher.

Die restliche Zeit verbringe ich mit Frühstücken, Kaffee und Aspirin, sauer auf Paul sein, sauer auf mich sein, richtig sauer auf Isaac sein und Klamotten raussuchen. Ich habe mich für einen roten Hosenanzug von Hugo Boss entschieden und trage dazu meine grauen Wildlederstiefel. Der rote Anzug wird wahrscheinlich unter den vielen Anzugträgern, die ich bei der Testamentseröffnung erwarte, herausstechen, aber das kümmert mich gerade nicht. Er passt auf jeden Fall gut zu meiner gereizten Stimmung. Endlich meldet sich der Taxifahrer, nachdem ich schon fünfzehn Minuten auf dem Sofa sitze und die Zeit im Internet totschlage. Kurz nach halb neun, das wird mal wieder knapp. Fluchtartig verlasse ich meine Wohnung, muss dann aber auf den Aufzug warten, der gefühlt an jeder Etage hält und bin dann schließlich kurz davor zu rennen, als ich durch die, von Ricardo aufgehaltene, Tür ins Freie stürze und ins Taxi hechte.

Genau sieben Minuten vor 10.00 Uhr fährt mein Taxi durch die geöffneten schmiedeeisernen Tore des Landsitzes der Fredricksons direkt an der Hempstead Bay. Ich steige am Ende der Auffahrt, vor dem säulenbewehrten Eingang des Haupthauses, aus. Neben der geöffneten Haustür, eher ein Kirchenportal, steht ein finster dreinblickender Security-Typ, der mich dann aber mit

Kopfnicken und einem freundlichen *Miss Fisher* begrüßt. Da hat jemand seine Hausaufgaben gemacht, denke ich, als mich schon ein Hausbediensteter nochmals begrüßt, mir meinen Mantel abnimmt und erst durch eine prächtige Eingangshalle und dann durch eine geöffnete Flügeltür in ein großes Zimmer geleitet, in dem schon ein paar Leute, den Rücken mir zugewandt, sitzen. In der ersten Reihe ganz rechts erkenne ich Gordon Flannery, die beiden anderen Anwesenden habe ich noch nie gesehen. Ich setze mich ganz nach hinten in die dritte Reihe, was mir angebracht erscheint, angesichts meiner völligen Ahnungslosigkeit, was meine Einladung zu dieser Veranstaltung eigentlich auf sich hat.

Vor uns steht ein großer Schreibtisch, hinter dem der Blick weit hinaus auf die Hempstead Bay reicht. Keine schlechte Aussicht für ein Arbeitszimmer...

»Das Rot steht dir gut«, flüstert mir auf einmal eine Stimme ins Ohr und ich drehe mich um. Isaac steht hinter mir und lächelt mich an. »Schön, dass du es noch rechtzeitig geschafft hast.« Er beugt sich zu mir herunter und haucht mir einen Kuss auf die Wange. Ich spüre, wie meine Hautfarbe sich chamäleongleich an die Farbe meines Hosenanzugs anpasst. Zu überrascht, um etwas zu erwidern, sehe ich stattdessen Isaacs Schwester Iris, die mit weit aufgerissenen Augen den Kuss ihres Bruders verfolgt hat. Es geht doch nichts über ein perfektes Timing.

»Vergiss Iris«, meint Isaac nur, der meinen Blick zu seiner Schwester bemerkt hat. »Wir sehen uns danach«, flüstert er mir noch zu, folgt dann seiner Schwester in die erste Reihe und lässt mich verwirrt in der letzten Reihe sitzen. Scheint mir nicht gerade böse zu sein, der Gute, nach dem abrupten Ende des gestrigen Abends.

Kurz darauf kommt auch die Mutter der beiden, Karen, in den Raum und strebt ebenfalls ganz nach vorne. Kaum hat sie sich hingesetzt, steht Flannery auf und stellt sich neben den Schreibtisch. Hinter mir werden die Türen geschlossen und man könnte für ein paar Sekunden eine Stecknadel auf den tiefen dunkelgrünen Teppich fallen hören. Es sind jetzt nur Flannery, die Fredricksons, und das Paar, das in der zweiten Reihe vor mir sitzt, anwesend – und ich. Was zur Hölle mach ich hier?

Flannery setzt sich jetzt hinter den Schreibtisch und nimmt einen Umschlag auf, der vor ihm auf dem Tisch liegt. »Karen«, er nickt der Witwe zu, »Isaac, Iris, Martin, Deborah, Dayna«, spricht er alle der Reihe nach an und lässt noch nicht einmal mich aus, »dein Mann, euer Vater, euer Bruder und mein Freund hat mich gebeten, diese Zusammenkunft nach seinem Tode einzuberufen. Wir alle haben gewusst, dass Maxwell ein schwaches Herz hat, aber natürlich wurde er viel zu früh von uns genommen.« Ich wusste es nicht, möchte ich ausrufen, lasse es aber lieber.

Bei Flannerys Worten vernehme ich ein leises Schluchzen aus der ersten Reihe und sehe wie Isaac seiner Mutter ein Taschentuch reicht. Diese Pause in den Ausführungen des Anwalts nehme ich zum Anlass, kurz über seine Aufzählung nachzudenken: Mann, Vater, Bruder, Freund. Und wo ist der Chef oder Boss oder Vorgesetzte oder was weiß ich denn – fehlt einfach, oder vergessen. Das kann ich mir allerdings bei Flannery nicht vorstellen. Ist aber vielleicht auch nicht so wichtig. Flannery hat Karen ausschneuzen lassen und fährt jetzt fort.

»Heute geht es nicht um ein gerichtliches Nachlassverfahren, wie ihr ja wisst.« Okay, weiß ich wieder nicht, aber was soll's. Flannery blickt in die Runde, unsere Blicke treffen sich und ich finde, er schaut mich ein paar Sekunden zu lang an, aber vielleicht bin ich zurzeit auch hypersensibel, was das Zwischenmenschliche betrifft.

»Dieses Nachlassverfahren wird erst nächstes Jahr über die Bühne gehen – aber auch das wisst ihr.« Wieder eine Kunstpause, in der der Anwalt an seiner Krawatte herumnestelt. Scheint auch irgendwie nervös zu sein, denke ich, ich kann mir immer weniger einen Reim auf das Ganze hier machen. Was soll ich nur mit der ganzen Familie hier bei der Verlesung einer wohl sehr persönlichen Familienangelegenheit? Es sei denn, dass… Ich muss aufpassen, dass ich nicht hysterisch loslache bei dem Gedanken, der sich gerade in meinem Hirn festsetzt: Es sei denn, ich gehöre zur Familie. Ich muss an Gwenn denken, die…

»Ich öffne nun also den Umschlag«, reißt mich Flannery aus meinen irren Gedanken. Er nimmt ein einziges Blatt aus dem Umschlag und liest es sehr gründlich. Als bestimmt zwei Minuten vergangen sind, ohne dass irgendjemand etwas gesagt oder getan hat, sehe ich, wie Isaac unruhig auf seinem Stuhl herumrutscht und die beiden vor mir, Maxwells Bruder und Schwester, sich mit fragendem Blick anschauen. *Mach's nicht so spannend*, will ich ihm zurufen, als der Anwalt aufsteht, das Blatt in der rechten

Hand, während er sich mit der linken über sein schütteres Haar streicht. Eine Geste, die ich bei Flannery noch nie gesehen habe.

»Ich lese jetzt den Brief vor, den mir Maxwell vor ungefähr sechs Monaten in diesem verschlossenen Umschlag überreicht hat. Ich wusste selbst nicht, was darin steht, hatte aber eine Liste bekommen mit den Namen, die bei dem heutigen Termin dabei sein sollten.«

»Mach's nicht so spannend, Gordon«, nimmt mir Isaac die Worte aus dem Mund, welche ich allerdings dann doch unpassend finde.

Flannery straft Isaac mit einem wütenden Blick ab, bevor er dann endlich zur Tat schreitet. »Liebe Karen, lieber Isaac, liebe Iris, ich werde euch immer lieben, auch wenn ich jetzt nicht mehr bei euch sein darf.« Flannery macht wieder eine Pause und will wohl die Spannung auf den Höhepunkt treiben. Der Mann hat Nerven, denke ich, als er fortfährt und dann nochmals innehält, da Karen wieder zu schluchzen anfängt. Sie fängt sich allerdings schnell wieder und es geht weiter. Mein Puls ist auf 180 und auch Flannery will es jetzt wohl zu Ende bringen.

»Um eine geregelte Nachfolge an der Spitze des Verlages, meines Lebenswerkes, zu gewährleisten, überschreibe ich die Verlagsrechte...«, Flannery schaut Isaac an, der wieder auf seinem Stuhl herumrutscht und kurz lächelnd zu seiner Schwester blickt, »Dayna Fisher, in deren Schuld ich ein halbes Leben lang gestanden habe.«

»Was? Was soll das?« Isaac ist aufgesprungen und kann sich kaum beherrschen. »Was soll dieser Schwachsinn? Was für eine Schuld?«

»Beruhige dich, Isaac, und setz dich wieder hin«, herrscht Flannery ihn an. »Ich habe keine Antwort auf deine Frage – noch nicht!« Er setzt sich wieder hinter den Schreibtisch und auch Isaac nimmt wieder Platz, nicht ohne mich vorher mit seinem Blick zu durchbohren. Allerdings befinde ich mich gerade in einem Paralleluniversum, in dem ich Verlegerin eines Zeitungsverlages bin. Hat mit der Realität also rein gar nichts zu tun und somit kann mich Isaac gar nicht mit Blicken durchbohren.

»Also bitte, Isaac, beruhige dich«, sagt Flannery noch einmal, »und lass mich das Dokument zu Ende lesen.«

Isaac macht eine abfällige Handbewegung, bleibt aber ansonsten still. Seine Schwester schaut entsetzt zu ihrer Mutter, die vollkommen ruhig nach vorne zu Flannery schaut. Die Geschwister vor mir schütteln nur die Köpfe, ob das wegen mir oder wegen Isaac geschieht, wage ich aber nicht zu beurteilen.

»Möge Dayna, mein *Curious Girl*, den Verlag durch alle stürmischen Zeiten führen, die dieser Branche noch bevorstehen, und bei ihren Entscheidungen das Wohl des *Manhattan* und seiner Mitarbeiter allem anderen voranstellen. Gezeichnet: Maxwell Fredrickson.«

Flannery lässt das Blatt etwas sinken und schaut in die Runde. Es herrscht Totenstille, wo gerade noch Entrüstung und Aufruhr die Szene bestimmte, und die Gesichter, die sich zu mir nach hinten drehen, sind geprägt von Fassungslosigkeit und Wut. Jetzt ist es an mir, unruhig auf meinen Stuhl herumzurutschen, da mich diese Situation und das Gesagte gerade heillos überfordern. *Ich bin Verlegerin*, schießt es durch meinen Kopf und ich spüre, wie sich meine Haare auf den Unterarmen langsam aufrichten. Ich erbe den ganzen Laden und Gwenn hat mal wieder recht. Wer außer mir soll das auch sonst können?

Isaac reißt mich dann aus meinen überheblichen Siegestaumel-Gedanken, als er neben mir auftaucht. »Kommst du bitte mal mit?!«, fordert er mich auf und es klingt wie ein Befehl.

Wortlos stehe ich auf und folge ihm raus in die Eingangshalle. Er dreht sich um und lächelt, was mir im Anbetracht der Situation einen Tick zu künstlich daherkommt.

»Ich glaube, dass es sich hier um ein ziemlich großes Missverständnis handelt, oder?«, fängt Isaac an und versucht meine rechte Hand zu greifen. Ich verschränke aber meine Arme und warte ab.

»Dieser Brief oder was es auch immer sein soll, den mein Vater da aufgesetzt hat, ist wahrscheinlich nicht einmal das Papier wert, auf dem er geschrieben ist und…«

»Sehe ich ein bisschen anders«, unterbreche ich ihn, »und Flannery auch.«

»Das werden wir sehen, Dayna! Ich werde das auf jeden Fall prüfen lassen.«

»Von Flannery? Oder von wem?«, frage ich spitz. »So ein letzter Wille ist normalerweise nicht anfechtbar«, sage ich mit dem Brustton der Überzeugung, obwohl ich keine

Ahnung von Erbrecht habe und ich auch gar nicht weiß, welches Recht hier zum Tragen kommt.

»Werden wir sehen«, antwortet Isaac. »Was aber auch immer dabei herauskommt oder geschehen wird, lass es uns doch gemeinsam tun! Was hältst du davon? Wir zwei!«

Da scheint einer seine Felle davonschwimmen zu sehen und will noch retten, was zu retten ist, denke ich mir und will ihm das auch sagen, als ich es mir doch anders über- lege, weil mich seine Augen wieder in ihren Bann ziehen und ich sein Lächeln auf einmal gar nicht mehr künstlich, sondern strahlend und freundlich finde. Verdammt! Day- na! Reiß dich zusammen! »Warten wir doch einfach mal ab, Isaac. Komm doch nächste Woche in den Verlag und dann besprechen wir das in Ruhe. Was hältst du davon?« Ich hoffe, damit habe ich gerade noch die Kurve bekommen und Isaac hat meine gedankliche Abschweifung ins Romantische nicht mitbekommen.

»So machen wir es«, antwortet er und zeigt sein Ge- winnerlächeln. »Und…«, er macht eine Pause und fasst mit seiner rechten Hand an meine Hüfte, »was ist mit uns?«

Ich wusste es. Meine Mimik spricht mal wieder Bände und kehrt mein Innerstes nach außen. Ich drehe langsam meinen Kopf nach unten links und er lässt wieder los. »Ich rufe dich an, okay?« So leicht dann doch nicht, mein Lieber.

»Okay!«

»Könntest du mir ein Taxi rufen?«

»Natürlich!« Isaac schaut sich um und sieht den Hausangestellten, der mir vorhin meinen Mantel abgenommen hat, an der Eingangstür stehen, in ein Gespräch mit der Security vertieft. »Carter!«, ruft Isaac und beendet damit das Gespräch. »Könnten Sie bitte für Miss Fisher ein Taxi rufen? Vielen Dank!«

Isaac wendet sich wieder mir zu. »Hattest du eine Jacke dabei?«

»Ja, hat Carter mir abgenommen, als ich ankam.«

»Okay. Dayna, wir sehen uns. Ich muss wieder zu meiner Familie.« Er haucht mir einen Kuss auf die Wange. »Ruf mich an!«

»Mach ich.«

Ich schaue ihm hinterher, wie er eine der zwei Flügeltüren öffnet und sehe Flannery, der vor dem Schreibtisch steht und auf Iris und die Geschwister von Maxwell einredet. Isaac schließt die Tür hinter sich und Familie Fredrickson ist wieder unter sich. Der Eindringling wurde vor die Tür komplementiert. Was soll's! Ich gehe rüber zu Carter, der mir sofort seine Aufmerksamkeit schenkt.

»Das Taxi ist in zehn Minuten da, Miss Fisher.«

»Sehr freundlich von Ihnen! Vielen Dank! Könnten Sie mir bitte meinen Mantel holen? Ich würde gerne draußen warten.«

»Natürlich!« Carter eilt zu einer Tür neben dem Eingang, verschwindet kurz und kommt mit meinem Mantel zurück. Er hilft mir ihn anzuziehen und begleitet mich zur Tür.

»Ich wünsche Ihnen noch einen angenehmen Tag, Miss Fisher!«

»Das wünsche ich Ihnen auch, Carter! Vielen Dank!«

Der Security-Typ öffnet mir die Haustür und ich verlasse das Haus des ehemaligen Verlegers des *Manhattan* und steige ein paar Minuten später ins Taxi – als neue Verlegerin des *Manhattan*. An diesen Titel könnte ich mich gewöhnen.

Der Taxifahrer schaut mich im Rückspiegel an. »Hell's Kitchen, bitte!«, fordere ich ihn auf und lehne mich zurück.

»Alles klar!« Der Taxifahrer tippt an seine Baseballkappe, und fährt los. Ich schließe die Augen und hoffe, erst wieder zu Hause, in Hell's Kitchen, aufzuwachen. Leider wird es dann aber keine Küche, sondern die Hölle.

7

Die Hütte lag am Aspetuck Reservoir, etwa zehn Meilen nordöstlich von Bridgeport. Sie gehörte der Familie von Eric, dem Freund meiner Tante Debbie, die sie uns ab und zu für einen Wochenendtrip überließen. Wir fuhren dorthin, seit ich denken konnte. Begonnen hatten diese Kurzurlaube, als meine Mum kurz vor einem Burnout stand, da war ich ungefähr drei Jahre alt. Ihr Aushilfsjob in einem Supermarkt, wo sie den Leuten nach der Kasse die Einkaufstüten vollstopfte, und die Putzstelle an der Holard Universität waren mies bezahlt, aber besser als nichts. Die konnte sie allerdings auch nur ausüben, wenn sie mich bei ihrer Schwester Debbie unterbrachte. Debbie und ihr Freund Eric hatten selbst keine Kinder und waren wohl froh, wenn ich mal Leben in ihre Bude brachte. Debbie war auch die Erste, die erfuhr, dass meine Mum mit mir schwanger war. Und sie wusste auch, dass meine Mum keine Ahnung hatte wer der Vater war. Zu viele

Bettgeschichten in zu kurzer Zeit, wie mir Debbie mal verriet, als ich meinen ersten Freund anschleppte. *Das solle mir doch immer eine kleine Warnung sein*, sagte sie damals noch. Es war mir allerdings eine sehr große Warnung - zum Glück.

Meine Großeltern setzten meine Mutter vor die Tür, als sie von der Schwangerschaft erfuhren. Selbst mit dem eigenen Leben überfordert, alkoholabhängig und ohne irgendwelche Jobs und Perspektiven, wollten sie wohl nicht noch ein Maul stopfen müssen, wo es eh schon hinten und vorne nicht reichte. Heute würde man es wohl eine dysfunktionale Familie nennen – bei meiner Mum hieß es Alltag.

Aufgefangen wurde meine Mum und später auch ich von Mums Schwester. Je mehr die Beziehung zu meinen Großeltern in die Brüche ging, umso enger wurde die zwischen Mum und Debbie, die schon mit ihren Eltern gebrochen hatte, als sie mit Eric zusammengezogen war. Und als schließlich Debbie und ihre Jugendliebe Eric mit einundzwanzig heirateten, war meine Mum Trauzeugin. Es gibt ein Bild von mir, auf dem ich zwischen Braut und Bräutigam stehe, meine kleinen Hände fest von den großen umschlossen. Rechts im Hintergrund, im Schatten eines Baumes, sieht man meine Mum mit einem Cocktailglas in der Hand stehen. Und wenn ich mir dieses Bild heute anschaue, denke ich mir oft, ob ihr trauriges Lächeln nicht etwas Prophetisches in sich trägt.

Bei der Hochzeitsfeier waren wir das erste Mal auf dem großen Grundstück, das zu dem Wochenendhaus gehörte und direkt am See lag, nur durch einen kurzen, staubigen Weg vom Highway 58 aus zu erreichen. Das Häuschen war von einem kleinen Wald Amerikanischer Weiß-Eichen umgeben, die ungefähr fünfundzwanzig Meter in die Höhe ragten und fast bis ans Ufer des Sees reichten. Im Sommer gaben sie herrlichen Schatten und Jahre später kletterte ich manchmal auf einen von ihnen hinauf und ließ in sechs Meter Höhe meine Füße baumeln. Ich hatte extra zwei Bretter, die ich von einem Stapel stibitzte, der unter der Terrasse lag, zwischen zwei dicke waagerechten Äste genagelt und mir so einen Aussichtsplatz gebaut, von dem aus ich zwischen anderen Eichen hindurch bis zum See schauen konnte. Ich liebte dieses Wochenendhaus, das Grundstück und den See, in dem man sich im Sommer abkühlen und im Winter auf dem Eis schlittern konnte. Ich werde immer meine schönsten Erinnerungen mit diesen Ausflügen verbinden – und meine schlimmsten.

Ich war drei Jahre alt, als es passierte. Meine Erinnerungen an diesen Tag sind wohl das Produkt von Erzählungen und eigenen Erlebnisfetzen, die sich in mein Gedächtnis eingebrannt haben und mich immer mal wieder daran erinnerten, welch großes Glück ich in all dem Unglück hatte.

Wir waren mal wieder für einen Samstagnachmittag mit Debbie und Eric zum See gefahren. Ich war schon vormittags mit den zweien vorgefahren, da Mum noch im Supermarkt arbeiten musste. Um halb zwei kam sie nach und wir verbrachten den ganzen restlichen Tag mit Baden,

Grillen und Ausspannen. Wobei das Letztere natürlich nur für die Erwachsenen galt, da ich mit meinen drei Jahren noch viel zu viel Energie in mir hatte, um den Nachmittag in einer Hängematte unter Bäumen zu verbringen. Meistens hielt ich Eric auf Trab, den ich perfekt um den Finger wickeln konnte. Er musste mich auf der großen Schaukel, die rechts neben den Parkplätzen stand, anschieben, oder wir fuhren mit dem kleinen Ruderboot, das zum Haus gehörte, ein paar Meter auf den See hinaus. Er zog mir dann immer eine Schwimmweste an, die er extra für mich gekauft hatte, und wir spielten Piraten, die eine Festung auf einer Insel angreifen. Am Schluss waren Mum und Debbie immer pitschnass und wir feierten unseren Sieg mit Limonade am Ufer.

Gegen 20.00 Uhr war es Zeit für den Aufbruch. Eric und Debbie mussten am Sonntag früh aufstehen, um irgendwelche Verwandte von Eric zu besuchen, und auch wir konnten nicht bleiben, da wir für eine Übernachtung nichts dabeihatten. Ich setzte mich auf den Rücksitz unseres alten Honda und Eric schnallte mich an.

»Mach's gut, Kleine«, sagte Eric zu mir und gab mir einen Kuss auf die Backe.

»Bye, Eric«, antwortete ich und gähnte.

»Ist da etwa jemand müde?«, fragte mich Mum und lächelte mir im Rückspiegel zu.

»Das ist ja jetzt auch kein Wunder«, meinte Debbie, die den Kopf auf der anderen Seite ins Autoinnere steckte und mir über das Haar streichelte. »Hier, den hast du vergessen.« Sie reichte mir meinen Teddybären. »Sonst muss der noch den ganzen Sonntag hier alleine bleiben.«

Ich drückte den Bären an mich. »Danke.«

»Zum Glück!« Meine Mum drehte sich zu uns nach hinten. »Das hätte ein Drama gegeben…«

Und obwohl ich meinen Teddybären hatte und somit eigentlich nichts mehr passieren konnte, kam das Drama mit Riesenschritten auf uns zu – unaufhaltsam und unerbittlich.

Wir fuhren gemeinsam los, wir voraus, Eric und Debbie direkt hinter uns. Der Weg zum Highway war keine zweihundert Meter lang und wir hinterließen eine lustige Staubfahne, in der ich das Auto von Eric und Debbie fast nicht mehr sehen konnte. Hinter uns war der Staub und vor uns stand die Sonne tief am Horizont. Mum beschleunigte und bog, ohne anzuhalten, nach links auf den Highway ein.

Debbie schilderte mir Jahre später, wie sie und Eric den Unfall mitbekommen haben, die Verwunderung über meine Mum, die, ohne abzubremsen, auf den Highway fuhr, das hupende Auto, das wegen uns abbremsen musste und dann die Katastrophe mit ansehen mussten, wie meine Mum vor Schreck das Lenkrad verriss und wir uns im Straßengraben überschlugen.

Debbie, Eric und auch das Ehepaar in dem Wagen waren zu Hilfe geeilt und holten uns aus dem auf dem Dach liegenden Auto. Debbie hatte mich abgeschnallt und trug mich ein paar Meter neben das Auto. Bis auf eine kleine Schramme war ich unverletzt. Sie setzte sich neben mich ins Gras und wir schauten zu den anderen, die Mum aus dem Auto geborgen hatten und um sie herum knieten. Debbie liefen Tränen über das Gesicht und ich presste meinen Teddybären, den ich die ganze Zeit in den Händen gehalten hatte, ganz fest an mich.

»Debbie! Debbie!«, rief dann plötzlich Eric. Debbie stand auf, wies mich an, sitzen zu bleiben, und rannte zu den anderen. Ich sah, wie sie sich über Mum beugte, ihre Hände auf ihre Brust legte und wie Eric zu weinen anfing. Auch die anderen beiden verfolgten das Geschehen mit entsetzten Gesichtern. Ich stand auf, meinen Teddy fest umklammert, und rannte zur Straße. Die anderen beachteten mich nicht und so rannte ich über die Straße, rannte auf den staubigen Weg und hörte erst auf, als ich vor der Schaukel am Parkplatz ankam.

Ein paar Minuten habe ich wohl nur so dagestanden, den Blick auf die Schaukel gerichtet, als mich jemand ansprach, dessen Stimme ich noch nie gehört hatte.

»Hallo Dayna! Wir suchen dich schon überall.«

Ich drehte mich um und schaute zu dem Mann auf, der vorhin neben meiner Mutter gekniet hatte. »Komm mit, Kleine. Ich bringe dich zu den anderen«, sagte der Mann, ohne meine Mum zu erwähnen.

»Meine Mum nennt mich nicht *Kleine*, sondern *Curious Girl*.«

»Okay, neugieriges Mädchen. Und wie heißt dein Teddy?«

»Nur Teddy!«

Der Mann nahm mich an die Hand und wir gingen langsam den Weg zurück zur Straße. Ungefähr auf halbem Weg kam uns Debbie weinend entgegen. Sie hob mich hoch und ich umklammerte sie, den Mann neben uns nicht aus den Augen lassend. Debbie weinte und schluchzte den ganzen Weg und hörte erst auf, als wir vor meiner toten Mum standen.

Über ein Jahr nach dem Unfall wurde ich von Eric und Debbie adoptiert. Sie konnten selbst keine Kinder bekommen und entschlossen sich, dafür mich in ihre kleine Familie aufzunehmen. Ab diesem Zeitpunkt statteten wir dem Wochenendhaus auch wieder Besuche hab. Die Unbeschwertheit kam zurück, die wir immer mit diesem Grundstück verbunden hatten, und ich hatte eine glückliche Kindheit. Mir fehlte es an nichts und die Erinnerungen an meine Mum verblassten, je älter ich wurde. Nur wenn mich Eric oder Debbie unbewusst mal mit *Curious Girl* ansprachen, hielten wir für einen Moment inne und gedachten meiner Mum.

Passend zu meinem Wechsel an die Junior High School zogen wir nach West Haven um, als ich zwölf war. Dad, so nannte ich Eric schon seit der Adoption, hatte einen neuen Job angenommen und verdiente jetzt richtig gut. Ich war eine gute Schülerin und Mum und Dad unterstützen mich, wo sie nur konnten. Die Schulzeit flog dahin und mit siebzehn hatte ich meinen High-School-Abschluss in der Tasche. An das wegweisende Gespräch mit meinen Eltern am Tag nach der Abschlussfeier kann ich mich noch gut erinnern.

Mit einem ordentlichen Brummschädel wachte ich morgens auf und ging hinunter in die Küche. Mum und Dad saßen schon am Frühstückstisch und grinsten mich an.

»Du siehst leicht verkatert aus, Dayna«, meinte Dad.

»Ich glaube nicht, dass es bei eurer Feier Alkohol gab«, sagte meine Mum.

»Waren das jetzt Feststellungen oder Fragen?«, antwortete ich und trank ein volles Glas Orangensaft mit einem Zug leer. »Ja und doch«, antwortete ich trotzdem.

»Aha!« Dad grinste noch breiter und Mum schüttelte den Kopf.

»Ich verstehe nicht, warum man mit sechzehn Jahren Auto fahren darf, aber erst mit einundzwanzig ein Bier trinken«, lamentierte ich, obwohl das bei diesem Thema natürlich nichts brachte.

»Habe ich auch nie verstanden«, sagte Dad und schaufelte sich eine Ladung Rührei in den Mund.

»Na, das hat schon seine Berechtigung. Do not drink and drive!« Mum brachte es mal wieder auf den Punkt.

»Also, wenn ich hier in dem Land mal was zu sagen haben sollte, dann würde ich das schnellstens ändern«, sagte ich mit hochgezogenen Brauen.

»Da brauchst du gar nicht die Augenbrauen hochzuziehen. Ich hab schon recht.« Mum zeigte mit ihrer Gabel auf mich.

»Dann streng dich mal an, Dayna, und studiere etwas, das dich irgendwann in die Lage versetzt, solche Entscheidungen treffen zu dürfen«, lenkte Dad das Gespräch endgültig in die Richtung, in die diese Gespräche seit Monaten gingen. »Wir haben hier in New Haven ja mit der Holard Universität eine der Kaderschmieden des Landes.«

»Genau! Wenn du was ändern willst, musst du es nur anpacken«, ergänzte meine Mutter.

»Sehr witzig!« Ich trank einen Schluck Kaffee. »Und ihr zahlt mir die 70 000 Dollar Jahresgebühr! Perfekt! Ich bin dabei!«

Mum und Dad sahen mich jetzt irgendwie verständnislos an. »Was? Habt ihr nicht gewusst, dass das so viel kostet?«

»Klar!« Dad machte sich über einen Pancake her. »Ich sehe da jetzt aber kein Problem.«

Ich schaute erst meinen Vater an und dann meine Mutter. Was zur Hölle ging hier vor?

»Also, ich auch nicht«, sagte Mum, stand auf und holte eine Schüssel mit Blaubeeren aus dem Kühlschrank.

»Haben wir in irgendeiner Lotterie gewonnen oder habe ich sonst was verpasst?«

»Oh, ja, vielleicht. Muss ich aber noch nachschauen. Erinnert mich bitte nachher dran.«

»Häh?« Ich verstand jetzt gar nichts mehr.

»Mach dir mal um die Gebühren keine Sorgen, Dayna. Die sind kein Problem, im Gegensatz zu dem Aufnahmetest.«

»Aber Dad! 70 000 Dollar! Pro Jahr!«

»Kein Problem.« Ganz entspannt aß er seinen Pancake auf und war die Ruhe selbst.

Ich sah zu Mum hinüber, die auch den Kopf schüttelte.

»Kein Problem, Curious Girl!«, sagte sie und lächelte.

Ich verzog erst das Gesicht und verdrückte mich dann in mein Zimmer. Anscheinend waren die Studiengebühren wirklich nicht der Rede wert für das Familieneinkommen. Obwohl ich mich fragte, wo dann unsere Villa, unsere teuren Urlaube und der Porsche waren, die man bei solchen Aussagen schließlich erwarten konnte. Ich machte mir also den ganzen Vormittag darüber Gedanken, was geschehen sein könnte, als es kurz vor Mittag an meine Zimmertür klopfte und Dad hereinkam.

»Hi!«

»Hi, Dad!«

»Wegen vorhin noch mal«, fing er an. »Das war kein Scherz, oder so was. Das war unser voller Ernst, das mit Holard.«

Ich setzte mich im Bett auf. »Mit so etwas macht man auch keine Scherze. Da geht es schließlich um meine Zukunft. Aber…«

»Kein Aber, Dayna. Wirklich nicht. Solltest du den SAT-Test packen, ein wunderbares Motivationsschreiben aufsetzen und wenn auch sonst alles klappt, werden die dich in Holard mit Handkuss nehmen. Dein High-School-Abschluss spricht eh für dich. Besser geht's nicht.

»Du hast dich ja schon gut über die Aufnahmebedingungen informiert«, erwiderte ich trocken. »Dabei weiß ich noch gar nicht, was ich studieren soll.«

»Da fällt dir bestimmt was ein. Schau einfach mal auf die Homepage der Universität«, war die typische pragmatische Antwort von Dad. »Wie wäre es mit Publizistik?«

»Das hat mir mein Lehrer auch schon geraten, als wir dieses Jahr eine Fragerunde in der Klasse veranstaltet hatten. Habt ihr mit dem etwa über meine Zukunft geredet?«

»Er hat uns bei der Abschlussfeier mal zur Seite genommen und uns das hier mitgegeben.« Er gab mir einen Umschlag. »Sind Empfehlungsschreiben für deine Uni-Bewerbung«, sagte er wie beiläufig.

»Und warum hat er mir die nicht selber gegeben?«

»Wollte er, aber er hat dich nirgends mehr gesehen und sie uns deshalb in die Hand gedrückt.«

Ich riss den Umschlag auf. Darin waren wirklich zwei Empfehlungsschreiben, eines von unserem Rektor und eines von meinem Englisch-Lehrer. »Wow«, sagte ich leise und reichte sie Dad, nachdem ich sie durchgelesen hatte.

»Da kannst du echt stolz drauf sein.« Er faltete sie wieder zusammen und gab sie mir zurück. »Auf so jemanden wie dich, haben sie in Holard nur gewartet«, sagte er noch augenzwinkernd und ging wieder nach unten.

Holard, Elite-Uni, im ewigen Wettstreit mit Yale, Harvard usw., usw. und da sollte ich schon bald hingehen? Mir kam das wie ein unwirklicher Traum vor, der bald schon platzen würde. Es konnte gar nicht anders kommen. Da war ich mir sicher. Allerdings täuschte ich mich gewaltig – der Traum platzte nicht.

8

urious Girl. Wie lange habe ich das nicht mehr gehört? Keine Ahnung. Ich merke, wie mir Tränen in die Augen schießen, aber ich reiße mich zusammen, schnappe mir ein Taschentuch aus der Box auf dem Nachtkästchen und wische mir über die Augen. Jetzt ist kein guter Augenblick, um traurig zu sein. Vor ein paar Stunden habe ich die Verlagsrechte vom *Manhattan* übertragen bekommen, da sollten jetzt eigentlich die Champagnerkorken knallen.

Leider habe ich aber gerade niemanden zum Anstoßen parat. Mit Paul herrscht immer noch Funkstille und Gwenn habe ich nicht erreicht, obwohl ich ihr so gerne von diesem denkwürdigen Treffen erzählen will. Ich will es gerade noch einmal bei Gwenn versuchen, als mein Handy klingelt. Gwenn – das war Gedankenübertragung.

»Hi Gwenn!«

»Hi, hi, hi! Quatsch nicht so lange rum, Dayna! Wie war's?«

»Äh, ich quatsch doch gar nicht rum. Habe dich nur begrüßt.«

»Egal. Wie ist es gelaufen? Übernimmst du den Laden jetzt, oder nicht?« Ich höre ein Schnaufen, als ob Gwenn gerade einen Marathon hinter sich gebracht hätte. »Ach, erzähl es mir gleich persönlich. Ich renne gerade durch deine Lobby. Bis gleich!«

Zwei Minuten später klingelt es an meiner Appartementtür und ich lasse eine um Luft ringende Gwenn herein, die völlig außer Puste in Sportklamotten vor mir steht. »Warst du etwa Joggen?«, frage ich dann rein rhetorisch, da es offensichtlich ist. »Seit wann rennst du denn durch die Gegend?«

»Seit gerade oder besser seit«, sie schaut auf ihre Smartwatch, »achtzehn Minuten.«

»So schaust du auch aus«, lache ich. »Das bist du doch gar nicht gewohnt«, stelle ich fest. »Brauchst du ein Sauerstoffzelt?«

»Hättest du denn eins?«

»Nö, kann nur mit Mund-zu-Mund-Beatmung dienen.«

»Au ja, lecker«, grinst mich Gwenn an.

»Nur im äußersten Notfall. Und den sehe ich hier nicht.«

»Schade!« Sie geht an mir vorbei Richtung Küche. »Aber was zum Trinken kannst du mir anbieten? Oder gibt's das hier auch nicht?«

»Doch, doch. Du bist ja schon auf dem Weg zum Kühlschrank. Bedien dich ruhig. Du findest mich im Wohnzimmer. Und vergiss den Schampus nicht. Steht gleich neben dem Orangensaft. Danke!«, rufe ich noch und lasse mich auf die Couch fallen und schließe für ein paar Sekunden die Augen, bevor Gwenn sich mit lautem Stöhnen neben mich setzt.

»Das war echt hart. Bin schon Jahre nicht mehr gejoggt.«

»Und warum fängst du jetzt an? Ist dir langweilig oder hast du deine Mitgliedschaft im Fitness-Club gekündigt?«

»Ne, Marcus hat mich zum Laufduell aufgefordert und…«

»Und da hast du dir gesagt, geh ich lieber mal trainieren, damit ich mit jemandem mithalten kann, der dir wahrscheinlich zehn Jahre Training voraushat.«

Gwenn nickt und zuckt dann mit den Schultern. »Wahrscheinlich eine blöde Idee. Hab eh keine Chance.«

»Absolut keine.«

»Hör ich halt wieder auf.« Gwenn lacht und zeigt auf die Champagnerflasche vor uns auf dem Tisch. »Gleich so gut gelaufen?«

»Der Wahnsinn! Es ist unglaublich und ich weiß eigentlich noch gar nicht, was da heute passiert ist.«

»Dann lass mal hören, aber zuerst…«, Gwenn zeigt auf den Schampus.

»Stimmt!« Ich hole zwei Gläser, schieße den Korken unter großem Hallo quer durchs Wohnzimmer und beginne zu erzählen.

»Ich kann aber immer noch Dayna sagen, oder ist dir Miss Fisher jetzt lieber?«, versucht mich Gwenn aufzuziehen, nachdem ich ihr die Geschichte erzählt habe.

»Klar!«, ich schaue sie erstaunt an. »Warum auch nicht? Also natürlich nur, wenn wir uns privat treffen und niemand vom Verlag dabei ist.«

Gwenn, die gerade ihr Champagnerglas anhebt, erstarrt in der Bewegung und schaut mich mit riesigen Augen an. »Äh«

»Im Verlag geht das natürlich nicht mehr. Muss auch mal sehen, wer mein Assistent oder meine Assistentin wird.« Ich lasse den Satz leise ausklingen und beobachte meine Freundin aus dem Augenwinkel. Ihre Gesichtszüge sind kurz vorm Entgleisen.

»Das ist aber nicht dein Ernst, oder?« Gwenn stellt das Glas auf den Couchtisch. »Du bist meine beste Freundin und, und…«

»Ich glaube, ich frag mal Isaac, ob er für mich arbeiten will. Der war ziemlich aufgebracht, als ich ihm den Job weggenommen habe. So als Ausgleich. Und für dich finden wir bestimmt auch noch eine Aufgabe. Und wenn nicht, schmeiße ich dich halt raus.« Ich schaue sie schief an. »Das kann ich jetzt nämlich, weil mir der ganze Bums gehört.« Leider fange ich dann allerdings doch an zu kichern und meine ganze Show fällt in sich zusammen.

»Okay, vielleicht bist du ja doch die richtige Assistentin für mich.« Gwenn entspannt sich deutlich und fängt ebenfalls an zu lachen, auch wenn es etwas gequält wirkt.

»Mannomann! Und ich habe echt kurz gedacht, du meinst das ernst.« Sie trinkt ihr Glas auf einen Zug aus. »Auf den Schreck brauch ich noch mal was«, sagt sie und hält mir ihr Glas entgegen.

»Weil du es bist«. Nachdem ich das Glas gefüllt habe, stoßen wir an. »Auf meine neue Assistentin!«

»Und auf meine neue Chefin!« Diesmal nippt sie nur am Glas und stellt es dann hin. »Und Isaac? Der lässt sich das doch nicht gefallen! Der wird doch dagegen vorgehen, oder?«

»Wahrscheinlich! Warten wir es mal ab. Aber ich glaube auch nicht, dass er sich geschlagen gibt.«

»Und mit welcher Strategie gehst du dann dagegen vor? Also wenn du mal weißt, was er machen will.«

»Keine Ahnung«, sage ich wahrheitsgemäß. »Aber wahrscheinlich muss ich ihn einfach umbringen.«

»Der war gut«, sagt Gwenn. »Hart, aber gerecht!« Sie lacht, aber ich kann nicht mitlachen. Es hat sich gerade ein Gedanke in meinem Hirn festgesetzt.

Als sich Gwenn eine Stunde später wieder auf den Weg macht, kehrt wieder Stille in meinem Appartement ein. Es ist Samstagabend und ich tigere durch die Wohnung, viel zu aufgewühlt, um abzuschalten. Da Gwenn wegen einem Dinner mit Marcus nicht für einen weiteren Mädelsabend zur Verfügung steht, muss ich wohl oder übel alleine mit mir zurechtkommen. Das wird hart, denn eigentlich brauche ich dringend jemanden, dem ich mein Herz ausschütten kann. Mir steht die wahrscheinlich härteste berufliche Prüfung bevor und ich kann mit niemandem darüber reden. Paul ist beleidigt, Gwenn mit Marcus beschäftigt, Isaac…, tja, mit Isaac könnte ich reden und den Vormittag aufarbeiten. Das würde bestimmt interessant werden. Ich verwerfe die Idee ganz schnell wieder, greife stattdessen zum Handy und rufe die Nummer von Mum auf. Nach einem kurzen Moment des Zögerns drücke ich auf den Bildschirm und ihr Profilbild erscheint, während das Telefon wählt. Mein letzter Anruf liegt schon viel zu lang zurück, bestimmt drei Monate, und mein schlechtes Gewissen deswegen breitet sich umso mehr aus, je länger das Telefon klingelt.

»Hallo Dayna«, meldet sie sich. »An dich habe ich heute auch schon gedacht. Wie geht's dir?« Die freundliche Stimme meiner Mum lässt keinen Hauch von Ärger durchhören, dass sich ihre Tochter so selten meldet.

»Gut, Mum! Eigentlich sehr gut.«

»Eigentlich? Was ist los?« Mum hat schon immer ein Gespür für meine Probleme und ich konnte sie noch nie vor ihr verheimlichen – noch nicht einmal am Telefon.

»Na ja, bei Paul und mir ist mal wieder Sendepause…«

»Das ist jetzt aber nicht wirklich etwas Neues«, unterbricht sie mich.

»Nein, nicht wirklich«, gebe ich zu.

»Und?«

»Und unser Verleger ist gestorben.«

»Oh! Das wusste ich nicht!«

»Ihr lest ja auch keine Zeitung«, lege ich den Finger in die Wunde.

»Das stimmt so nicht«, verteidigt sich meine Mutter. Dieses Battle geht jetzt schon so lange zwischen uns, seit ich beim *Manhattan* angefangen hatte. »Online schaue ich öfters bei deiner Zeitung oder bei der *Times* vorbei, aber von dir steht ja nie was drin.«

»Ich habe auch nicht Journalismus studiert, sondern Publizistik, wie du weißt. Aber unsere Digitalzeitung ist schon mal ein Anfang. Vielleicht denkt ihr mal über ein Abo nach – kostet auch gar nicht so viel« Das wäre wirklich schon mal ein Fortschritt, denke ich. »Apropos *deine Zeitung*, wie du gerade gesagt hast«, kurz zögere ich, ob ich von der heutigen Entscheidung erzählen soll, was eigentlich Quatsch ist, da ich ja deswegen überhaupt angerufen habe. »Also, wie gesagt, unser Verleger ist gestorben und heute war ich auf dem Privatanwesen in Glen Cove.«

»Da hättest du ja ruhig zu uns nach West Haven herüberwinken können«, unterbricht mich Mum und lacht.

»Beim nächsten Mal«, sage ich und lache mit, um Mum ein gutes Gefühl zu geben. »Auf jeden Fall wurde dort von unserem Firmenanwalt Maxwells letzter Wille vorgetragen.«

»Und wie sieht der aus?«

»Er hat mir die Verlagsrechte überschrieben, Mum. Mir! Ich kann mir darauf überhaupt keinen Reim machen. Ich wusste noch nicht einmal, was ich bei dieser Veranstaltung sollte, da waren nur Familienangehörige.«

»Das ist doch toll, Dayna! Oder nicht?« Mums Stimme klingt weder überrascht, noch in irgendeiner anderen Art erstaunt.

»Natürlich ist das toll! Aber das erklärt nicht das *Warum*. Verstehst du?«

»Er wird schon seine Gründe dafür gehabt haben, dir den *Manhattan* anzuvertrauen und nicht seinen Kindern.«

»Wahrscheinlich! Aber es ist nicht so, dass die keine Ahnung von der Verlagswelt haben. Gut, bei Iris bin ich mir da nicht so sicher, aber Isaac hat in einem Gespräch mit mir gestern Abend doch jede Menge Detailwissen offenbart, das ich ihm gar nicht zugetraut hätte.«

»Ah, interessant. Du warst mit Isaac zusammen?« Mum hört mal wieder das Gras wachsen, was meine Beziehungen betrifft.

»Nicht so, wie du denkst. Er hat mich zum Dinner eingeladen und wir haben über alles Mögliche gesprochen.«

»Da hat er aber noch nichts von deiner neuen Aufgabe gewusst, oder?«

»Nein, und ich auch nicht.«

»Dann hast du jetzt wohl ein Problem mit Isaac.«

»Und kein kleines«, ergänze ich.

»Dann solltest du ihn schnellstens auf deine Seite ziehen, sonst gibt das nur ein Hauen und Stechen.«

Das ist es schon, denke ich. »Ich versuche es, Mum. Wird schon klappen, aber weswegen ich dich eigentlich anrufen wollte, ist…«

»Weil du dich schon ewig nicht mehr gemeldet hast«, fällt mir Mum wieder ins Wort, was ich ihr ein letztes Mal durchgehen lasse.

»Wer hat eigentlich jahrelang die 70 000 Dollar Studiengebühren bezahlt? Ihr ward es doch bestimmt nicht, oder?«, frage ich, ohne auf ihren Einwurf einzugehen. Statt einer spontanen Antwort herrscht Stille am anderen Ende, gefolgt von einem tiefen Seufzer.

»Ich deute die Stille und dein Seufzen jetzt mal so, dass du mir etwas seit Jahren mitteilen willst und es noch nicht fertiggebracht hast, oder?«

»Liebes, das sollten wir vielleicht nicht am Telefon besprechen. Willst du uns nicht mal wieder besuchen? Wie wäre es mit morgen? Ich koche was Gutes.«

Da will jemand Zeit gewinnen, denke ich, aber gut. »Okay, ich komme morgen. Wann ist es euch recht? Um 12.00 Uhr?«

»Ja, gerne.«

»Okay, dann bis morgen.«

»Ja, bis morgen. Wir freuen uns!«

Sie legt auf und ich starre noch kurz auf ihr Kontaktbild. Was habt ihr mir all die Jahre verheimlicht?

Eine SMS kommt rein und ich drücke Mums Bild weg. WIR MÜSSEN REDEN, steht in Großbuchstaben in der Nachricht. Warum habe ich gleich noch mal Isaac meine Handynummer gegeben? Beim ersten Date. *Sehe ich auch so*, schreibe ich zurück.

9

Nachdem ich mir bei Hertz in der 43rd St einen Chevrolet Malibu gemietet habe, fahre ich auf dem Henry Hudson Parkway, der sich dicht am Hudson River entlang den kompletten Westrand von Manhattan hinaufzieht, bis nach Little Dominican. Dort wechsle ich auf den Interstate 95 Freeway, überquere den Harlem River und folge der Straße dann hinter der Bronx Richtung Norden. Das Navi berechnet für die ganze Strecke nach West Haven ungefähr zwei Stunden, von denen jetzt der weitaus entspanntere Teil folgt. Der I95 führt die gesamte Strecke am Meer entlang und ich genieße die Ausblicke auf den Long Island Sound, der mich an meine Kinder- und Jugendzeit zurückdenken lässt. Wer weiß, vielleicht würde ich jetzt am Oak Street Beach sitzen und den Möwen bei ihren Flugmanövern zuschauen, hätte ich damals nicht das Angebot des *Manhattan* angenommen.

Professor Sullivan betrat den Hörsaal und wir waren alle gespannt, wen er zu seiner letzten Vorlesung vor der Abschlussprüfung mitbringen würde. Er hatte einen Überraschungsgast angekündigt und um vollzähliges Erscheinen gebeten. Und wenn Professor Sullivan um etwas bat, sollte man dem tunlichst nachkommen. Hinter ihm trat ein Endfünfziger mit dichtem grauen Haar in den Hörsaal und stellte sich neben den Professor. Er trug ein teuer aussehendes dunkelblaues Sportsakko und eine graue Cordhose, dazu schwarze Wildlederschuhe. Freundlich lächelnd ließ er seinen Blick durch die Reihen der Studenten schweifen und nickte ab und zu, während Professor Sullivan ihn vorstellte.

»Ich habe Ihnen ja schon angekündigt, dass ich dieses Mal jemanden mitbringen werde und«, er machte eine kleine Pause, um wohl noch etwas Spannung aufzubauen, »und ich kann Ihnen sagen, Sie werden es nicht bereuen, so zahlreich erschienen zu sein.«

Er hatte uns keine Wahl gelassen, dachte ich mir, war aber trotzdem gespannt auf das, was da kam.

»Darf ich vorstellen: Maxwell Fredrickson, ehemaliger Holard-Student, heute großzügiger Spender für unseren Bereich Publizistik und Herausgeber der *Manhattan News*.«

Ich muss zugeben, ich kannte diese Zeitung nicht und auch Maxwell Fredrickson war für mich ein Unbekannter. Deshalb erlahmte mein Interesse an dem Gast auch innerhalb Sekunden, da ich – und alle anderen auch – mit jemanden von der *Times* oder der *Washington Post* gerechnet hatte - mindestens. Und was sollte es uns bringen, alte

Studenten-Geschichten oder was auch immer, erzählt zu bekommen. Da wäre eine normale Vorlesung, so kurz vor der Prüfung, vielleicht angebrachter gewesen. Wir fügten uns also in unser Schicksal und hörten den beiden wirklich eine halbe Stunde zu, wie sie alte Geschichten aufwärmten und Belanglosigkeiten aus ihrem Studentenleben wiedergaben. Ich war kurz vorm Einschlafen, als Sullivan endlich zum Schluss kam.

»...Und deshalb ist es mir eine besondere Ehre, Ihnen noch folgendes Angebot zu präsentieren...« Sullivan nickte zu seinem Gast und schaute dann in unsere ermatteten Gesichter, »oder willst du selber, Maxwell?«

»Sehr gerne, Bob!« Er ging zwei Schritte auf uns zu und lächelte uns an. »Ich bin heute eigentlich nicht nach Holard gekommen, um Sie hier mit alten Geschichten zu langweilen, auch wenn wir das jetzt schon eine halbe Stunde lang getan haben.« Er blickte James Warner in der ersten Reihe an und grinste noch mehr. »Und glauben Sie mir, man sieht es Ihnen an, dass Sie gelangweilt sind, und ich weiß auch, wie das ist, hier zu sitzen und darauf zu warten, dass es endlich losgeht – mit was auch immer. Alles besser als alte Geschichten.« Er drehte sich kurz zu Sullivan um. »Sorry, Bob!«

»Du hast ja recht, Max.«

Ich dachte schon, jetzt geht das wieder los mit dem Hin und Her der beiden, aber Fredrickson drehte sich wieder in unsere Richtung.

»Ich bin zu Ihnen gekommen, um einer oder einem der hier Anwesenden ein Jobangebot zu machen, das man, meiner Meinung nach nicht ausschlagen kann.«

Ein Raunen ging durch unsere Reihen und unser Gast hatte von einer Sekunde auf die andere unsere volle Aufmerksamkeit. Ich schaute meine Nebensitzerin Isabel an, die aber gebannt an den Lippen von Maxwell Fredrickson hing, obwohl der gerade gar nichts sagte.

»Ich weiß, Sie werden jetzt denken, was soll das denn für ein Job sein? Wir sind doch noch gar nicht fertig mit dem Studium, haben unseren Abschluss noch nicht in der Tasche usw. Das weiß ich alles und ich habe mich vorher natürlich bei Ihrem Professor erkundigt, und ich kann Ihnen sagen, er ist voll des Lobes über diesen Jahrgang. Und…«, er hob seinen Zeigefinger, »er geht davon aus, dass hier jeder das Publizistik-Studium mit Erfolg abschließen wird.« Fredrickson drehte sich wieder zu Sullivan um und erntete ein kräftiges Nicken. Das war doch schon mal schön zu hören, dass unser Herr Professor solch ein Vertrauen in unser Prüfungswissen hegte.

»Um es kurz zu machen«, fuhr Fredrickson fort, »die oder der Auserwählte bekommt in meinem Verlag die Stelle als stellvertretender Verlagsleiter bzw. Verlagsleiterin…«

War es vorhin nur ein Raunen, das den Hörsaal erfüllte, fingen die Studenten jetzt an zu tuscheln und es war sogar Beifall zu hören, der aus der letzten Reihe kam, was dazu führte, dass alle, die vorne saßen, die Köpfe nach hinten drehten. Das beendete allerdings den Beifall, den ich für etwas überambitioniert hielt.

Fredrickson und Sullivan hoben beide die Hände und es wurde schlagartig wieder still im Hörsaal. »Meine Damen und Herren, beruhigen Sie sich bitte wieder«, sagte Sullivan.

»Genau, ich bin nämlich noch nicht fertig«, meinte Fredrickson und fuhr fort. »Der aktuelle Verlagsleiter geht in ungefähr zwei Jahren in den wohlverdienten Ruhestand, und es versteht sich von selbst, dass der Stellvertreter oder die Stellvertreterin dann die Nachfolge antritt – bei entsprechender Eignung natürlich.«

Wieder wurde es unruhig unter uns, aber keiner hatte den Mut, die alles entscheidende Frage zu stellen: Wer war die oder der Glückliche? Ich wusste nur, dass ich es nicht sein konnte. Meine Noten waren zwar gut, aber nicht perfekt, und ich kam nicht aus den Kreisen, die normalerweise dazu auserwählt wurden, altehrwürdige Zeitungsverlage in New York zu leiten. Da gab es hier schon andere Kaliber in meinem Jahrgang, deren Eltern wahrscheinlich genug Geld hatten, den *Manhattan* einfach so mal aufzukaufen, nur um dem Sprössling eine Aufgabe zu übertragen, wenn sie sich schon ein Publizistik-Studium herausgesucht hatten und nicht Jura oder Wirtschaft. Ich wollte nach dem Studium eh noch nicht gleich ins Arbeitsleben einsteigen, sondern erst mal ein wenig die Welt erkunden. Sollte der gute Herr Fredrickson also seine Wahl treffen, mir war's egal.

»So! Das wäre es dann für heute auch schon gewesen«, sagte dann plötzlich Professor Sullivan und dankte seinem Gast per Handschlag. Wir schauten uns verdutzt an. »Der- oder diejenige, die das Angebot des *Manhattan* erhält, wird dann heute um 13.30 Uhr in mein Büro gebeten. Vielen Dank!«

Sullivan und Fredrickson verließen leise redend den Hörsaal. Sekundenlang war es mucksmäuschenstill, ehe ein Sturm der Entrüstung durch die Reihen wogte.

»Das können die doch nicht machen«, meinte Isabel und zeigte mit ausgestrecktem Arm auf die offene Tür des Hörsaals. »Das geht doch nicht«, schob sie hinterher.

»Anscheinend doch«, antwortete ich, ebenfalls perplex angesichts des überraschenden Endes der Vorlesung. »So hält man die Spannung hoch. Bin echt gespannt, wie sie die freudige Botschaft dann überbringen wollen, wenn schon nicht gleich hier und jetzt.«

»Wahrscheinlich per SMS«, lachte Isabel. »Sullivan hat ja unsere Nummern.«

»Das wär's noch! Die wichtigste Entscheidung deiner beruflichen Zukunft kommt mit einer schnöden Handy-Nachricht.« Auch ich musste lachen, weil es sich so schön absurd anhörte. Mein Handy vibrierte und zeigte den Eingang einer Nachricht an – und ich lachte nicht mehr.

Als ich die schwere Eichentür von Sullivans Büro aufdrückte, schlug mir der Geruch von Tabak entgegen. Professor Sullivan saß hinter seinem riesigen Schreibtisch und hatte eine dicke Zigarre in der Hand. Fredrickson lehnte am Fenstersims, ebenfalls mit Zigarre.

»Kommen Sie herein, Dayna«, forderte Sullivan mich auf, da ich unschlüssig unter dem Türrahmen stand und in die Runde blickte. »Verraten Sie mich bloß nicht«, lachte er und meine Anspannung ließ etwas nach. »Ich weiß, dass hier Rauchverbot herrscht, aber...« Er zuckte mit den Schultern.

»Verbote sind dazu da, sie auch mal zu umgehen, Bob.« Fredrickson zog an seiner Zigarre und blies den Rauch aus dem leicht geöffneten Fenster.

»Eben!« Auch Sullivan nahm einen Zug, machte aber keine Anstalten, die Luft in seinem Büro nicht zu verpesten.

Ich räusperte mich und trat zwei Schritte vor, den Türgriff immer noch in der Hand.

»Schließen Sie bitte die Tür und setzen Sie sich«, sagte Sullivan und zeigte auf den Besucherstuhl vor seinem Schreibtisch.

»Danke«, sagte ich kleinlaut, schloss die Tür und tat wie mir befohlen.

»Sie können sich denken, warum Sie hier sind, Dayna?«, fragte mich mein Professor und schaute erst zu mir und dann kurz zu Fredrickson. Der stand immer noch lächelnd da und fixierte mich mit undurchdringlichem Blick, der nicht so recht zum Lächeln passen wollte. Vielleicht bildete ich mir das mal wieder bloß ein.

»Ja«, antwortete ich leise, »aber...«

»Kein Aber, Dayna. Sie sind die Glückliche und können, sofern Sie wollen, hier unterschreiben«, er zeigte auf ein paar Blätter auf seinem Schreibtisch, »und nach der Prüfung direkt beim *Manhattan* anfangen.«

»Wieso ich?«, fing ich wieder an, wurde diesmal aber nicht unterbrochen. »Ich bin doch gar nicht Ihre beste Studentin. Da ist doch Ber...«

»Stopp!«, unterbrach mich Fredrickson. »Ich will Sie! Keinen Ber... oder wen auch immer. Sie sind meine und Professor Sullivans erste Wahl. Er hat mich von Ihren Qualitäten überzeugt und da tut die eine oder andere nicht so überragende Note auch keinen Abbruch.«

Ich schüttelte den Kopf, weil ich es einfach nicht glauben konnte.

»Nicht zweifeln, Dayna! Unterschreiben!« Sullivan streckte mir seinen Füllfederhalter entgegen.

Ich nahm den Füller und dann den Vertrag. »Durchlesen darf ich aber noch, oder? Bin nämlich neugierig...«

»Weiß ich«, meinte Fredrickson und lächelte.

Ich grinste schief und überflog die ersten Zeilen, ohne auf weitere Einlassungen der beiden zu warten. Sah alles ganz reell aus, soweit ich das überblicken konnte. Auf der zweiten Seite blieb ich bei der Position *Gehalt* hängen. Das musste ein Schreibfehler sein. »Äh«, stammelte ich und zeigte auf den fast sechsstelligen Betrag. »Da hat sich jemand vertippt!« Ich sah zuerst meinen Professor an und dann meinen neuen Chef, denn dass ich den Vertrag unterschreiben würde, stand für mich jetzt fest.

»Warum? Wollen Sie weniger verdienen?«, fragte Fredrickson und fing an zu lachen, und auch Sullivan fiel ein.

Ich sparte mir das Lesen der dritten Seite und unterschrieb einfach.

»Braves Mädchen«, lobte mich Sullivan und Fredrickson klatschte in die Hände.

»Perfekt!«, sagte er, kam auf mich zu und gab mir die Hand. »Willkommen beim *Manhattan*, Miss Fisher! Freut mich wirklich außerordentlich!«

Als ich den Freeway beim Phipps Lake in West Haven kurz vor New Haven verlasse, werde ich auf einmal hibbelig. Saw Mill Road, auf der Allings Crossing Road vorbei am Shingle Hill Park, dann West Main Street und rein in die Hilltop Lane, die direkt durch mein Hood läuft. Dann noch die Platt Avenue hoch und links in die Cove Brook Road – und da wäre ich. Ich parke vor dem Haus, das so viele Jahre mein Zuhause war. Der Rasen ist wie immer ordentlich gemäht und unter dem großen alten Ahornbaum liegen nur ein paar wenige Herbstblätter. Ich schaue zum Küchenfenster und sehe hinter dem Vorhang geschäftiges Treiben. Dann geht auch schon die Haustüre auf und Dad streckt den Kopf heraus, erkennt mich, winkt und verschwindet wieder. Ich packe meine Handtasche und steige aus. Sofort schmecke ich die salzige Luft, die hier, rund 700 Meter vom Meer entfernt, viel intensiver riecht als in New York, wo sich eine frische Meeresbrise eher selten in die Hochhausschluchten verirrt. Im Vorübergehen ziehe ich einen Werbeprospekt aus dem feuerroten Briefkasten, den ich irgendwann mal aus einem Katalog aussuchen durfte und der seitdem zuverlässig hier seinen Dienst tut.

Nach der Hälfte des Weges kommt Dad aus dem Haus und stürmt auf mich zu. »Dayna!«, ruft er, bevor er mich mit ausgebreiteten Armen fast umrennt. Ich drücke ihn fest an mich und wir stehen ein paar Sekunden schweigend im Vorgarten. »Wir haben dich vermisst.« Er nimmt mich an der Hand, als wäre ich immer noch ein kleines Mädchen und wir steigen die vier Stufen hoch zum Eingang. »Du weißt ja noch…«, fängt er an.

»Ja, ja«, lache ich, »diese Treppe bin ich oft genug hinauf- und hinuntergesegelt.«

»Genau! Und deshalb hältst du dich besser an mir fest.«

»Du weißt aber schon, dass ich keine neun mehr bin, wie bei meinem großen Abgang hier.«

»Natürlich! Aber wenn ich an deinen Schrei von damals denke, fährt mir der Schreck immer noch in die Glieder.«

»Du übertreibst – wie immer.«

Mit Dads Hilfe kommen wir unfallfrei oben an, als Mum aus der Küche kommt und mich ebenfalls in die Arme nimmt.

»Dayna! Endlich lässt du dich hier mal wieder blicken.«

»Ja, lange her«, antworte ich schuldbewusst. »Zu viel Arbeit, zu wenig Vergnügen!«

»Du sollst doch nicht so viel arbeiten«, ermahnt mich Dad.

»Das sagt der Richtige«, antworte ich, weil ich Dads Arbeitspensum kenne.

»Der Punkt geht an dich, Dayna«, unterstützt mich Mum und klatscht mit mir ab.

Dad winkt nur ab. »Was macht das Essen?«, fragt er, um abzulenken.

»Gleich fertig.« Mum geht in die Küche und ich folge ihr.

»Was gibt's denn?«, frage ich und erkenne gleichzeitig, was da in der Pfanne vor sich hin brutzelt. »Gefüllter Seeteufel! Geil!«, sage ich und nähere mich meinem absoluten Lieblingsessen. Drei Seeteufel-Lenden schmoren in der riesigen Pfanne, umgeben von Kräutern, geschälten Tomaten und Kartoffeln. »Hoffe, du hast mit dem Whiskey nicht gespart.« Ich zeige auf die Flasche, die neben der Pfanne steht.

»Natürlich nicht! Soll ja nach was schmecken«, lacht Mum. »Anstatt Spargel gibt es Kartoffeln dazu.«

»Schon gesehen. Der November ist jetzt auch nicht die typische Spargelzeit.« Ich nehme den Esslöffel, der neben der Pfanne liegt und probiere die Sauce. »Lecker!« Dann schnappe ich mir die Zange und wende die drei Lenden. »Aber die Garnelen sind schon drin, oder?«, frage ich und klopfe auf eine der Fischrollen.

»Klar! Wenn schon, denn schon.«

»Na, ihr beiden!« Dad kommt in die Küche und schwenkt die zwei Bierflaschen in seinen Händen. »Willst du Bier oder Bier zum Fisch?«

»Da muss ich aber echt schwer überlegen«, gehe ich auf seinen alten Scherz ein. »Ich glaube, ich nehme heute ein Bier.«

»Gute Wahl!« Er schaut auf die Pfanne und dann zu Mum. »Wann geht's los?«

»Fünf Minuten«, antwortet Mum nach dem Blick auf die Küchenuhr.

»Okay.« Dad nimmt meine Hand und zieht mich mit sich. Scheint heute sehr anhänglich zu sein. Er lässt mich auch nicht los, als wir vor der geschlossenen Verandatür stehen und nach hinten in den Garten schauen.

»Oh! Wo sind die Zypressen hingekommen?«, frage ich erstaunt und blicke auf einen zwei Meter hohen Holzzaun.

»Tja, habe ich Ende September rausgerissen und dafür diesen schönen Zaun gepflanzt.«

»Schade. Der Garten sieht jetzt irgendwie leer aus.«

»Aber nur über den Winter. Im Frühjahr pflanze ich vor den Zaun ein paar Sträucher. Der Zaun wächst dann langsam zu.«

»Und wozu dann der ganze Aufwand, wenn du eh wieder was hinpflanzt?«

»Die Zypressen sind uns im wahrsten Sinne über den Kopf gewachsen«, war die schwache Ausrede von Dad, der eine Kindheitserinnerung plattgemacht hat.

»Und dabei habe ich dir immer gerne geholfen, sie zu stutzen.«

»Sooo gerne dann auch wieder nicht.«

Ich entziehe mich der Hand von Dad. »Wenn du meinst.« Ich gehe zurück in die Küche. Meine Stimmung ist im Keller und ich weiß nicht, warum. An den Zypressen liegt es aber nicht – oder doch. Als ich Mum, die mir den Rücken zudreht, den Seeteufel wenden sehe, bleibe ich unter dem Türrahmen stehen und muss mich richtig zusammenreißen, nicht sofort ins Auto zu steigen und West Haven umgehend wieder zu verlassen. Weshalb war ich hergekommen? Nicht wegen des Seeteufels, nicht wegen den Zypressen und nicht wegen Mum und Dad. »Wer hat noch mal die 70 000 Dollar jährlich für mein Studium bezahlt?«

Mum dreht sich um und ich merke, wie alle Farbe aus ihrem Gesicht weicht. »Sollen wir nicht erst essen, Liebes. Der Seeteufel ist fertig.«

Ich fixiere Mum und spüre, dass sie hochgradig nervös ist. »Vielleicht sollten wir das. Nicht, dass mir nach der Antwort noch der Appetit vergeht. Wäre schade um den Fisch.« Ich drehe mich um und gehe ins Esszimmer, wo mein Bier schon an meinem Stammplatz steht. Ich begutachte die Flasche. Dad hat wohl die Sorte gewechselt. Neues Bier – neuer Zaun – neue Sträucher. Ich setze die Flasche an und trinke sie halb leer. Wenigstens schmeckt es. Ich setze mich und warte ungefähr eine Minute, bis Mum und Dad die vollen Teller hereintragen.

»Seit wann lässt du dich denn so bedienen, Dayna?«, fragt dann auch prompt Dad.

»Ich übe schon mal. Als zukünftige Herausgeberin des *Manhattan* werde ich mich nur noch bedienen lassen, und zwar von vorne und hinten.«

Mum und Dad wechseln kurz Blicke und schauen etwas verstört.

»Kann ich anfangen?«, frage ich in die Runde und erhalte nur ein Nicken. Der Rest ist Schweigen. Zehn

Minuten später spüle ich den letzten Bissen mit dem Rest vom Bier herunter. »War sehr gut«, gebe ich zu, obwohl mir nicht nach Loben ist.

»Das freut mich«, antwortet Mum und versucht ein Lächeln. Dad stochert lustlos in seinen Garnelen herum, vom Seeteufel hat er auch nur die Hälfte gegessen.

»Können wir jetzt zum eigentlichen Grund meines Besuches kommen?«, ziehe ich die Daumenschrauben noch weiter an, weil ich merke, dass sich eine unsichtbare Barriere zwischen uns aufgebaut hat. Beste Voraussetzung für die Wahrheit. Die Wahrheit, die mir seit gestern Vormittag, seit dem Stelldichein an der Hempstead Bay, nicht mehr aus dem Kopf geht.

»Sollen wir nicht erst den Tisch abdecken und den Nachtisch essen?«, will Mum noch mehr Zeit gewinnen.

»Gerne«, erwidere ich. »Ein reiner Tisch ist immer gut.«

Dad verzieht das Gesicht und sagt immer noch nichts. So wortkarg kenne ich ihn gar nicht.

Als Mum den Käsekuchen auf die drei Teller verteilt und mir einen davon reicht, versucht sie es erneut mit einem Lächeln, das ich aber nicht erwidere. »Also«, fange ich wieder an, »wer hat meine Studiengebühren bezahlt? Und sagt nicht, dass ich ein Stipendium gehabt hätte.«

Mum schaut mich mit traurigen Augen an, während Dad im Kuchen herumstochert.

»Wollt ihr mir nichts sagen, oder könnt ihr nicht? Ich fange nämlich langsam an, meine ganze Karriere, mein gesamtes Leben in Zweifel zu ziehen. Mein Studium, meine Zeit auf der High School, meine Kindheit und«, ich mache eine kleine, wohl dosierte Pause, »und meine Eltern.«

»Aber Dayna!« Mum laufen die Tränen über ihre geröteten Backen. »Das darfst du nicht sagen.«

»Was soll das, Dayna!« Mein Vater erwacht jetzt doch zum Leben und knallt die Gabel auf den Tisch. »Was sollen diese Vorwürfe?«

»Das sind keine Vorwürfe, sondern ich will nur wissen, was Sache ist – und zwar mit allem! Denn dass hier irgendwas oberfaul ist, liegt ja wohl auf der Hand. Da brauche ich nur in eure Gesichter zu schauen.«

»Hier ist gar nichts faul und ich weiß nicht, wie du dir so was einbilden kannst«, faucht mein Vater zurück.

»Ach so! Jetzt ist alles bloß meine Einbildung! Na toll! Und ich wurde im Testament von Maxwell Fredrickson auch nicht mit *Curious Girl* bezeichnet. Alles Einbildung!«

Mum und Dad schauen sich kurz an. »Es ist nicht so, wie du vielleicht denkst?«, fängt Mum an.

»Seit wann weißt du, wie oder was ich denke?«, sage ich wütend.

»Red nicht so mit deiner Mutter!« Dad springt auf, setzt sich dann aber wieder.

»Ich bin neunundzwanzig und ich glaube, ich habe so langsam das Recht zu erfahren, was irgendwann in der Vergangenheit passiert ist.«

»Was soll denn passiert sein?«, fragt Dad zurück. »Du und deine Mutter hatten einen Autounfall, deine Mutter starb dabei und wir haben dich adoptiert – Ende der Geschichte! Und zwar seit sechsundzwanzig Jahren«

»Das weiß ich doch alles!« Meine Stimme überschlägt sich und ich muss mich zurückhalten, nicht zu schreien. Meine Nerven sind zum Zerreißen gespannt und ich habe das Gefühl, gleich zu explodieren.

»Mehr gibt es da nicht zu erzählen, Dayna«, schaltet sich jetzt Mum ein. »Wir haben immer nur das Beste für dich gewollt.«

Ich rolle mit den Augen. »Ich glaube nicht, dass ich noch mehr von diesen abgedroschenen Phrasen ertrage.«

»Aber deine Mutter hat recht. Seit damals bis du das Wichtigste in unserem Leben gewesen.«

»Gewesen?« Ich schaue Dad an. »Jetzt nicht mehr?«

»Du solltest dich mal hören. Sei doch mal ein bisschen dankbar.« Dad zeigt mit dem Finger auf mich.

»Ich bin dankbar. Für den Seeteufel, den Käsekuchen, das Bier…«

Mum fängt an zu weinen, aber ich schaue nicht zu ihr. Dad nuckelt an seiner Bierflasche und ich könnte kotzen.

»Okay! Letzter Versuch!« Ich stehe auf, gehe zum Fenster und schaue in den Vorgarten. Der Briefkasten schwankt etwas, da der Wind vom Meer her ziemlich aufgefrischt ist. Ahornblätter schweben vom Baum herab und bleiben auf dem zuvor so sauber gefegten Weg zum Haus liegen. »Wollt ihr meine Theorie hören?«, frage ich und drehe mich wieder zu ihnen.

»Was denn für eine Theorie?«, geht mein Vater wieder auf Konfrontation, was ich ihm aber noch nicht einmal verdenken kann. Sein Kartenhaus namens Leben fällt gerade in sich zusammen.

»Lass sie doch mal ausreden, Eric!« Mum schaut zu Dad, der resigniert abwinkt.

»Warum nennt mich Fredrickson in seinem Testament *Curious Girl*? Eine Bezeichnung, die nur meine Mutter verwendet hat – und ihr ab und zu. Die kann er also nur von ihr oder euch erfahren haben, oder?«

Mum und Dad zucken fast gleichzeitig mit den Schultern. »Keine Ahnung, Dayna«, erwidert Dad mit schwacher Stimme. Ich schaue Mum an, die mit geröteten Augen zu mir blickt.

»Das heißt dann für mich, dass er mich schon vor seinem Besuch an der Holard gekannt haben muss und«, die Erkenntnis trifft mich wie ein Donnerschlag, obwohl ich es schon seit gestern irgendwie unbewusst vermutet habe, »dieser ganze Auswahlprozess für die Stelle beim *Manhattan* war alles fake. Ich hatte die Stelle schon, bevor ich überhaupt das Studium begonnen habe, oder?« Ich drehe mich wieder zum Fenster. »Die Frage ist nur, warum?«, spreche ich mehr mit mir selbst, als zu meinen Eltern.

»Erzähl es ihr«, höre ich meine Mutter auf einmal sagen.

»Was sollst du mir erzählen?« Ich fahre herum und blicke meine Eltern erstaunt an. »Dad?«

Mein Vater schaut mich resignierend an. »Vielleicht ist es wirklich an der Zeit, dass du die Wahrheit erfährst.«

Ich setze mich wieder an den Tisch und lege meine zitternden Hände in den Schoß. »Ich bitte darum«, sage ich nur und versuche mich zu beruhigen.

Und dann beginnt mein Vater zu erzählen. »Du hast wie immer Theater gemacht, weil du dich nicht entscheiden konntest, mit wem du vom See zurückfahren wolltest. Mit deiner Mutter oder mit uns. Irgendwann stand fest, dass du bei deiner Mum mitfährst und so ging es los. Ihr seid direkt vor uns gefahren und wir dicht hinterher. Vorne an der Kreuzung hat deine Mutter dann Gas gegeben und ist auf den Highway eingebogen. Von rechts kam ein Geländewagen und wir mussten kurz warten. Wir bogen nach ihm auf die Straße und fuhren vielleicht zehn Sekunden hinter ihm her, als er ansetzte, euch zu überholen. Der Fahrer beschleunigte stark, verlor dann aber irgendwie die Kontrolle, als er genau auf eurer Höhe war, touchierte euch leicht, weshalb deine Mum wohl vor Schreck das Lenkrad verriss und ihr rechts im Straßengraben gelandet seid und euch überschlagen habt. Wir und das Ehepaar haben euch sofort aus dem Wrack geborgen, trotzdem kam für deine Mutter jede Hilfe zu spät, aber das weißt du ja.«

Er machte eine Pause, in der ich über das Gesagte nachdachte. Bis hierhin deckte sich die Geschichte fast mit meinen Erinnerungen bzw. mit dem, was ich für meine Erinnerungen hielt, was wahrscheinlich zu 98 Prozent aus Erzählungen stammte. Allerdings bin ich bis jetzt davon ausgegangen, dass Mum die Schuldige an dem Unfall war.

»Und weiter?«, fordere ich Dad zum Weitererzählen auf.

»Das Ehepaar, das im Geländewagen fuhr, kam vom Golfspielen aus dem nahe gelegenen Country Club. Beide waren total aufgeregt und erschüttert, was natürlich verständlich war, und« Dad sieht zu Mum und fährt dann fort, »und sie fragten uns, ob wir die Polizei aus dem Spiel lassen können.«

»Was? Das kann doch nicht sein! Mum war tot und die wollten keine Polizei holen?«

»Ja, das haben sie gefragt«, bestätigt Mum.

»Ihr habt aber natürlich trotzdem die Polizei geholt, oder? Handys gab's da schließlich auch schon.« Ich bemerke den schnellen Blickwechsel meiner Eltern und ahne schon, was kommt.

»Nein, Dayna, haben wir erstmal nicht!«, sagt mein Vater.

»Das gibt's doch nicht«, schüttele ich den Kopf.

»Was hätte es auch für einen Sinn gemacht?«

»Was es für einen Sinn gemacht hätte?« Ich springe auf und mein Stuhl kippt nach hinten weg und schlägt gegen die Wand. »Mum war tot! Und der Mistkerl, der daran schuld war, fährt einfach so weiter, oder besser gesagt, ihr lasst ihn einfach davonkommen! Ich fasse es nicht!«

Dad schaut zu mir hoch und sein Blick wirkt auf einmal hart und durchdringend. »Wir haben die Polizei dann doch geholt, aber erst, als die beiden weitergefahren waren. Und der Mistkerl, der euch in den Graben gerammt hat, ist nicht einfach so davongekommen, sondern hat sein ganzes restliches Leben dafür zahlen müssen. Sein Name war Maxwell Fredrickson.«

10

Die jüngste Verlagsleiterin Amerikas – Lüge. Universitätsabschluss in Publizistik – Lüge. High-School-Abschluss – Lüge. Meine Kindheit – Lüge.

Mein Leben ist eine einzige Lüge. Mir kullern die ersten Tränen über meine Wangen, als ich die Auffahrt zum Freeway nehme und mich dann in den fließenden Sonntagnachmittag-Verkehr einreihe. Damit ich auf andere Gedanken komme, mache ich das Radio an, aber ein paar Sekunden später auch schon wieder aus. Wie konnte man mich nur mehr sechsundzwanzig Jahre lang anlügen? Und warum hat Maxwell, quasi auf dem Sterbebett, die Wahrheit ans Tageslicht gezerrt? War es wirklich nur der Wille nach Absolution, eine Art posthume Gewissenserleichterung? Meinetwegen hätte er das alles mit ins Grab nehmen und den Laden an Isaac übergeben können und nicht mir, der Verlagsleiterin seiner Gnaden. Wenn das alles im Verlag herauskommt, kann ich eh mein Büro räumen. Wer will schon eine Chefin, die ihren Uniab-schluss mehr oder weniger geschenkt bekommen hat. Ich seh schon Pooler vor mir, wie er mich süffisant und von oben herab anlächelt. Tja, das war's mit der Karriere.

Einer Eingebung folgend rufe ich bei Hertz an und frage, ob ich den Wagen noch die ganze Woche mieten könnte. Kein Problem – wenigstens etwas.

Als ich dann den Wagen unsere Tiefgarageneinfahrt hinunterfahre, habe ich mich schon wieder etwas beruhigt. Mein Stellplatz ist natürlich frei und ich parke den Chevy vorwärts ein. Praktischerweise ist bei meiner Wohnung ein Tiefgaragenplatz dabei, gegen den ich mich auch nicht wehren konnte, und ich nutze ihn jetzt das erste Mal. Ich drücke den Aufzugknopf und warte kurz, bis er von der Lobby zu mir nach unten kommt. Ohne Halt geht es dann bis auf meine Etage und kurze Zeit später sitze ich auf meiner Couch und starre an die gegenüberliegende Wand. In meinem Schoß liegt das Bild aus meiner glücklichen Jugend, wie Isaac vorgestern so treffend meinen Gesichts-ausdruck analysierte. Es kommt mir vor, wie aus der Zeit gefallen. Bin das ich auf diesem Bild?

Vor noch nicht einmal achtundvierzig Stunden war meine Welt noch weitgehend in Ordnung, als Isaac auf das Bild starrte und sich gar nicht sattsehen konnte. Mein Chef war zwar gestorben, aber das Leben musste und würde natürlich weitergehen. Jetzt bin ich mir da nicht mehr so sicher. Fuck! Ich würde mich nicht kampflos geschlagen geben. Noch weiß niemand etwas von der ganzen Sache – außer meinen Eltern. Und bei dem kleinen Familientreffen gestern war nur etwas von *Schuld* von Flannery vorgelesen worden – und deshalb gilt – bitte keine Details an die Öffentlichkeit und ich verzichte auf die sonst üblichen Quellenangaben. Ich muss kurz lächeln. Ich stehe auf, gehe in die Küche und hole mir eine Coke aus dem Kühlschrank. Mit der Dose in der Hand gehe ich in mein Büro, starte den Laptop und logge mich auf unseren Verlagsserver ein. Ich bin mir nicht sicher, nach was ich suchen soll, aber ich gebe ein weiteres Passwort ein und gelange so in unser Redaktionsarchiv, was aber eigentlich keinen Sinn ergibt. Eine Unfallmeldung aus Connecticut wird kaum den Weg in unseren tollen *Manhattan* gefunden haben. Ich logge mich wieder aus und gebe stattdessen die Adresse des *Google News Archivs* ein. Wenn nicht hier, werde ich wahrscheinlich nirgends etwas finden und gebe den Namen der Zeitung, die diesen Bereich in Connecticut abdeckt, ein und ergänze noch das Datum des Todestages meiner Mutter, wobei die Meldung sicher erst ein oder zwei Tage später in der Zeitung gestanden hatte – wenn überhaupt.

Eine Stunde später habe ich vierzehn Ausgaben durchsucht, jede Menge Unfallanzeigen gelesen, vom Fahrradsturz eines Jugendlichen bis zum Lkw-Unfall auf dem Freeway, aber keinen Autounfall, bei dem eine Frau getötet wurde und ein kleines Mädchen wie durch ein Wunder unverletzt aus einem völlig demolierten Wrack geborgen worden war. Keine Meldung, kein Unfall, keine Fahrerflucht und in letzter Konsequenz – kein Maxwell

Fredrickson. Irgendetwas habe ich übersehen. Also, alles auf Anfang und noch mal von vorne.

Nach weiteren zwei Stunden, in denen ich die gesamten vierzehn Ausgaben der Zeitung nochmals durchgeschaut habe und nicht nur die Verkehrs- und Unfallmeldungen, habe ich einen interessanten Artikel gefunden, bei deren Durchlesen mich ein eigenartiges Gefühl beschlichen hat, die aber überhaupt nicht zu meinen Kindheitserinnerungen passen. Aber vielleicht sollte ich mich an diese nicht zu sehr klammern oder mich besser gleich ganz von ihnen verabschieden.

In einem Gebüsch unweit von Highway 58 wurde am Mittwoch nach unserem Unfall eine weibliche Leiche gefunden. Sie war in eine Plastikfolie eingewickelt und mit Messerstichen übersät. Eine Obduktion ergab, dass die Frau mit Drogen vollgepumpt worden war. Das Opfer war allerdings ungefähr dreißig Jahre alt, somit konnte es meine Mum nicht gewesen sein, obwohl der Drogenkonsum zu ihr gepasst hätte. Auch ihre Identität konnte nicht festgestellt werden. Die Meldung war mit der für meinen Geschmack etwas zu reißerischen Überschrift *Connecticut-Ripper schlägt wieder zu* betitelt. Ein paar Wochen vorher, so der Artikel, war ein ebenfalls weibliches Opfer ganz im Osten an der Grenze zu Rhode Island mit Messerstichen ermordet worden, was jetzt die Angst vor einem Serienkiller aufkommen ließ. Was für ein gefundenes Fressen für die Presse, denke ich mir.

Also, kein Verkehrsunfall, dafür ein Mordopfer. Das passt alles nicht zusammen. Aber der Unfall war am

Samstagabend passiert und vielleicht ist die Meldung einfach am Sonntag beim zuständigen Redakteur für die Montagsausgabe unter den Tisch gefallen, oder die Cops haben nichts weitergegeben, oder, oder, oder. Etwas ratlos schalte ich den Laptop aus, denn richtig weitergekommen bin ich nicht mit meiner Recherche. Irgendwo ist der Haken, an dem mein ganzes bisheriges Leben hängt. Die Frage ist nur, will ich ihn finden? Denn eines ist für mich klar, diese Schuld, von der Maxwell in seinem Nachlass sprach, ist etwas sehr Reales und wenn ich ihr nachgehe und herausfinden will, auf was sie gründet, dann wird das schmerzvoll für viele Beteiligten und vielleicht auch für mich. Nur Maxwell ist fein raus, weil tot.

Ich denke an Mum und Dad. An das verkorkste Mittagessen heute und an ihre Lügen, an ein unbedingtes Aufrechterhalten einer Realität, die schon über ein Vierteljahrhundert nicht den Tatsachen entspricht. Da bin ich mir sicher, auch wenn ich es nicht beweisen kann – noch nicht.

Nach einer unruhigen Nacht wache ich noch vor dem Wecker auf und gehe erst mal Duschen. Danach fühle ich mich deutlich wacher, was für den bevorstehenden Tag durchaus von Vorteil sein sollte. Vor dem offenen Kleiderschrank überlege ich nur kurz und entscheide mich für meinen anthrazitfarbenen Hosenanzug von Marc Jacobs. Heute ist Seriosität im Verlag angesagt. Sobald ich im Büro bin, werde ich mich mit Flannery in Verbindung setzen und alles Weitere besprechen. So der Plan. Ich hoffe inständig, dass unser Anwalt mich bei der Übernahme der

Verlagsrechte tatkräftig unterstützt, sonst müsste ich wohl meine alten Unterlagen aus dem Studium herauskramen. Aber wofür hat man einen Firmenanwalt, mache ich mir Hoffnung auf einen geregelten Übergang.

Ich nehme den Aufzug zur Tiefgarage und fahre mit dem Chevy zum Verlag, was eine weitere Premiere für mich ist. Leider mache ich mir über die Tiefgarageneinfahrt erst Gedanken, als ich vor dem geschlossenen Rolltor stehe und nicht weiß, wie ich hineinkommen soll. Fuck! Fluchend steige ich aus und renne die Auffahrt hoch. Zum Glück habe ich meine Sneakers an - Schuhwechsel erst im Büro –, als ich eine Vollbremsung hinlege, weil vor mir ein Mercedes in die Einfahrt biegt. Auch der Fahrer bremst und kommt mit quietschenden Reifen drei Meter vor mir zum Stehen. Pooler schaut mich überrascht durch die Windschutzscheibe an, bevor er anfängt, breit zu grinsen. Ich winke und tauche dann an seinem Seitenfenster auf. Er schaut mich immer noch grinsend an und lässt dann die Seitenscheibe herunter.

»Guten Morgen, Miss! Kann ich Ihnen vielleicht helfen?«, fragt er mich aufreizend lässig.

Ich muss mich richtig zurückhalten, ihm nicht eine zu langen und antworte stattdessen überfreundlich. »Bin heute mit dem Auto da und habe aber leider meine Karte für die Tiefgarage vergessen. Könntest du mir deine eventuell schnell leihen, dass ich reinfahren kann. Bringe sie dir dann gleich wieder.«

»Würde ich sehr gerne, Dayna! Wirklich! Aber dann kann ich nicht mehr hineinfahren.« Er hebt unschuldig die Schultern, genießt den Augenblick aber sichtlich.

»Stimmt! Hab ich gar nicht dran gedacht. Dann musst du kurz warten. Ich hol eine Karte von Jil.« Ohne auf eine Entgegnung von Pooler zu warten, gehe ich um die Ecke und strebe mit gemächlichem Tempo dem Eingang des *Manhattan* entgegen. Jil sitzt schon hinter dem Empfangstresen und sieht mich kommen.

»Guten Morgen, Dayna! Herzlichen Glückwunsch!«

»Da hat sich aber was ziemlich schnell herumgesprochen.«

»Der Flurfunk! Immer aktuell!«

Ich nicke. »Ich bin heute das erste Mal mit dem Auto da und komme natürlich nicht in die Tiefgarage. Könnte ich bitte eine Gastkarte haben?«

»Aber natürlich«, säuselt Jil und fängt an, in einer Schublade zu kramen. »Hier bitte schön! Hätte ich gerne nachher wieder. Zum Ausfahren brauchst du sie nicht.«

»Okay. Danke! Könnte ich sie auch die Woche behalten, da ich vorhabe, mit dem Auto zu kommen.«

»Gerne! Ich habe genügend davon.«

»Danke!«, sage ich nur, ohne sie jetzt in eine Diskussion zu verwickeln, warum sie die Karte zurückhaben wollte, wenn sie doch sooo viele davon hat, die falsche Schlange.

Als ich durch die Tür auf den Gehweg vor das Verlagsgebäude trete, höre ich hektisches Gehupe, das sich noch verstärkt, als ich um die Ecke komme. Hinter Pooler hat sich schon ein Stau aus weiteren fünf Autos gebildet, an denen ich jetzt vorbeischlendere, ohne nachzuschauen, wer denn da alles drinsitzt. Bei Pooler angekommen, wedele ich mit der Karte vor seiner Windschutzscheibe herum und genieße seinen jetzt genervten Gesichtsausdruck. »Hab eine«, sage ich und gehe dann die Einfahrt hinunter, setze mich in den Wagen, halte die Karte vor den Sensor und fahre endlich in die Tiefgarage. Hinter mir geht das Rolltor wieder herunter und ich winke Pooler zum Abschied, der das aber wahrscheinlich durch die Gitter nicht erkennen kann. Schade.

»Fisher!«, melde ich mich, als der dritte Anruf in den ersten fünf Minuten, seit ich in meinem Büro sitze, durchkommt.

»Guten Morgen, Dayna! Glückwunsch Verlegerin!«

»Ja, danke!«, sage ich höflich, als ich die Stimme von Stuart Coyle erkenne.

»So wie es aussieht, wird es wohl nichts mit meiner Nachfolge bei der *Times*.«

»Nein, wahrscheinlich nicht«, antworte ich etwas unbeholfen, weil mich dieser Anruf zu dieser Uhrzeit etwas überfordert. New York ist einfach ein Dorf.

»Aber keine Sorge, ich nehme es Ihnen nicht übel, wenn Sie jetzt das Angebot der *Times* ausschlagen.«

»Das habe ich auch nicht erwartet, Stuart«, sage ich kühl. Kurz herrscht eine peinliche Stille am anderen Ende der Leitung. »Okay. Dann will ich Sie mal nicht länger von der Arbeit abhalten, Dayna. Wünsche eine wunderbare Woche!«

»Danke! Gleichfalls!« Dann höre ich nur noch ein *Klick*. Dann war ich wohl doch etwas zu kurz angebunden. Egal. Ich fahre den Laptop hoch und werde schon wieder gestört, als die Tür unvermittelt aufgeht und Gwenn hereinschneit.

»Hi!«, sagt sie nur und stockt dann kurz. »Was?«, fragt sie noch und schaut mich dann erwartungsvoll an.

»Äh, nix. Wow! Warst du shoppen?«

»Ja, mit Marcus! Geil, oder?« Sie dreht sich einmal um die eigene Achse und muss dabei aufpassen, nicht das Gleichgewicht mit ihren High Heels auf dem Teppich zu verlieren. Sie trägt einen schwarzen knielangen, engen Rock, eine schwarze Bluse und darüber einen ebenfalls schwarzen Bolero aus Fell.

»Black is beautiful!«, sage ich anerkennend.

Gwenn reckt sich und hebt die geballte Faust. »Worauf du einen lassen kannst«, sagt sie wenig damenhaft, aber Gwenn-like. »Marcus steht auf Schwarz.«

»Wem sagst du das?«, lache ich. »Und nicht nur bei den Klamotten!«

»Allerdings! Sonst würde ich ihm auch einen Arschtritt verpassen!«

»Da will ich lieber nicht dabei sein. Steht dir auf jeden Fall.«

»Danke! Und wie steht's bei dir so?«

»Exzellent! Die Sonne scheint mir aus dem Hintern und ich könnte vor Freude den ganzen Tag lang... Das sage ich jetzt lieber nicht, da mein und dein Tages-Budget für unflätige Bemerkungen um«, ich schaue auf die Uhr des

Laptops, »um kurz nach halb neun schon vollständig aufgebraucht ist.«

»Verdammt! Auf dieses Budget habe ich noch nie geachtet.«

Ich winke ab. »Vergiss es, mach ich auch nicht. In diesem Büro ist Fluchen überlebensnotwendig.«

Gwenn lacht. »Da bin ich aber froh. Aber jetzt erzähl mal. Hast du was herausbekommen oder hat sich Isaac gemeldet?«

Kopfschüttelnd stehe ich auf und schaue auf die Park Avenue hinunter. »Nichts dergleichen. Dafür war ich mal wieder bei meinen Eltern.«

»Was? Da warst du ja schon ewig nicht mehr.«

»Stimmt und es wäre auch besser gewesen, wenn ich nicht hingefahren wäre.«

»Wieso das denn? Hattest du Streit mit ihnen?«

»Weiß nicht, ob man das Streit nennen kann, wenn einem ins Gesicht gelogen wird.« Ich drehe mich zu Gwenn und meine Augen werden feucht.

»He, he, he, Dayna.« Gwenn kommt auf mich zu und nimmt mich in den Arm. »Was ist denn los?«

Ich lege meinen Kopf auf ihre Schulter und spüre den felligen Bolero. »Deine Jacke ist aber superflauschig, da bleibe ich den ganzen Tag so stehen.«

»Das Gleiche hat Marcus heute Morgen auch gesagt, nur auf der anderen Schulter.«

Ich hebe meinen Kopf und schaue Gwenn an. »Im Ernst? Dann kann ich nur raten, ihn zu behalten. Er weiß, worauf es ankommt.« Ich lege meinen Kopf zurück ins Fell.

»Wer jetzt? Marcus?«

»Der Bolero natürlich«, antworte ich und beginne zu kichern.

Gwenn streichelt mir über den Kopf und wir stehen noch zehn Sekunden da, als die Tür aufgerissen wird und Pooler in den Raum stürmt. »Was?«

Gwenn dreht ihren Kopf zu unserem Chefredakteur, aber ohne mich loszulassen. »Was glotzt du denn so, Dead? Noch nie zwei Frauen beim gegenseitigen Trösten gesehen? Und wohl auch noch nie was von Anklopfen gehört, oder?«

»Äh, doch, klar!«, sagt er. »Du klopfst aber auch nie an.«

»Das stimmt!«, sage ich und löse mich aus der Umklammerung von Gwenn. »Sie hat mich nur getröstet, weil ich keine eigene Zufahrtskarte für die Tiefgarage habe – obwohl ich doch die neue Verlegerin bin.«

Gwenn schaut mich stirnrunzelnd an, sagt aber nichts.

Pooler löst sich jetzt aus seiner erstarrten Position und setzt sich in den Sessel der Sitzgruppe.

»Ja, setzt dich nur, Ray. Ach du sitzt ja schon.« Ich griene Gwenn an, setze mich auf die Couch und rücke dann ein Stück zur Seite, da sich Gwenn neben mir niederlässt, was Pooler mit hochgezogen Augenbrauen kommentiert.

»Was ist, Dead? Hast du damit ein Problem, wenn ich bei eurer kleinen Unterredung dabei bin?«, sagt Gwenn schnippisch. »Und schau mir bitte in die Augen und nicht auf meine Knie, wenn ich mit dir rede.«

Pooler schaut erst Gwenn an und dann mich. Okay, klare nonverbale Aufforderung, der ich dann auch nachkomme. »Gwenn, könntest du mir bitte aus Maxwells Büro die Vertragsunterlagen vom Kauf des neuen Redaktionssystems holen und so in einer halben Stunde vorbeibringen? Die liegen wahrscheinlich rechts im Stapel auf seinem Schreibtisch.«

Gwenn schaut mich etwas konsterniert an, steht dann aber auf und trippelt zur Bürotür. »Klar, Boss!«, sagt sie noch, ehe sie die Tür ins Schloss fallen lässt.

»Danke!«, rufe ich hinterher, wohlwissend, dass sie das wahrscheinlich nicht mehr gehört hat. »So«, ich schaue den Chefredakteur an, »was kann ich für dich tun?«

»Eigentlich dachte ich, dass du mir etwas mitteilen willst. Oder habe ich mich getäuscht?«

»Wie kommst du darauf, dass ich dir etwas mitteilen möchte?«, frage ich etwas herausfordernd.

»Na ja, weil ich der Chefredakteur bin – vielleicht?«

»Das weiß ich doch, Ray!« Ich schaue auf meine Apple Watch und signalisiere ihm hoffentlich damit, dass ich überhaupt keine Zeit mehr habe, ihm irgendetwas mitzuteilen.

»Du bist doch jetzt die Verlegerin und…«

»Auch das ist mir bekannt, Ray.« Ich fixiere ihn. »Ich müsste jetzt wirklich dringend mit Flannery telefonieren. Können wir dieses Gespräch nicht vielleicht morgen oder besser nächste Woche fortsetzen? Ich habe wirklich einiges auf meiner To-do-Liste und der Vormittag ist schon wieder halb vorbei.« Um meine Worte zu unterstreichen, stehe ich auf und gehe zu meinem Schreibtisch. Pooler steht ebenfalls auf, geht zur Tür, ohne mich eines Blickes zu würdigen, und knallt die Tür ins Schloss, wie es Gwenn nicht hätte besser machen können. Viel Feind, viel Ehr, denke ich mir und setze mich. Dann greife ich zum Telefon und rufe Gwenn an.

»Ja, bitte«, kommt die kurze Meldung.

»Sorry, Gwenn, dass ich dich so hinauskomplimentiert habe, aber du solltest nicht mit ansehen müssen, wie ich unseren Super-Macho habe abblitzen lassen.«

»Wolltest einfach mal ein bisschen die Chefin raushängen lassen – weiß schon.« Gwenn ist richtig sauer, wie ich an ihrer Stimmlage höre. »Kannst dich ja melden, wenn du mal wieder meine flauschige Schulter zum Ausheulen brauchst.« Dann legt sie auf. Leider kann ich sie zu einhundert Prozent verstehen und ich verfluche Pooler dafür, dass er vorhin einfach so in mein Büro geplatzt ist.

Ich muss dringend meine Kommunikation verbessern, denn die letzten drei Gespräche, mit meinen Eltern, Gwenn und Pooler, haben ziemlich desaströs geendet. Aber vielleicht liegt es nicht an mir, sondern an dem Umstand, dass mein Leben eine einzige Lüge ist, womit ich wieder beim gleichen Gedanken gelandet bin wie gestern auf der Heimfahrt. Ich drehe mich im Kreis und muss dringend irgendwo den Notschalter drücken, bevor es mich aus der Bahn wirft. Die Frage ist nur, wo ich den finde?

11

Der Tag im Verlag endet, wie er anfing – katastrophal. Kurz vor dem Feierabend will ich noch bei Pooler in der Redaktion vorbeischauen, um wieder ein bisschen gut Wetter zu machen und laufe natürlich direkt Paul in die Arme.

»Frau Verlegerin!«, quatscht er mich auch gleich herausfordernd an. »Wo hast du denn Isaac gelassen? Sehe ihn gar nicht!« Er schaut sich in allen Richtungen um und zuckt mit den Schultern.

»Blödmann!« Ich lasse ihn stehen und beende die On-off-Beziehung zu Paul im selben Moment.

»Ja, geh nur! Irgendwann kommst du eh zurück!«

Ich widerstehe der Versuchung, mich umzudrehen und ihm eine Szene zu machen, aber vielleicht kündige ich ihm dafür morgen.

Pooler sitzt in seinem Glaskasten und sieht mich kommen. Als ich seine Tür aufdrücke, rollt er seinen Stuhl etwas zurück und legt die Füße auf den Tisch. Seine gelben

149

Socken, was so etwas wie sein Markenzeichen sein soll, bringt er damit aufdringlich zur Geltung. Ich halte das allerdings schon immer für einen schrecklichen Mode-Fauxpas eines schrecklichen Menschen. Allerdings beruht die Abneigung auf Gegenseitigkeit. Das wird nichts mehr mit uns zweien. Ich weiß das und er auch.

»Sie kommt spät – aber sie kommt«, begrüßt er mich dann auch gleich nett und grinst breit. Er kann allerdings froh sein, dass ich ihm nicht seinen vor ihm stehenden Kaffee ins Gesicht schütte.

»Ja, denn jetzt habe ich noch etwas Zeit für dich.«

»Zuviel der Ehre, Dayna. Du hast dir noch nie viel aus der Redaktion gemacht. Für dich waren der Anzeigen-verkauf und die Abonnentenzahl schon immer wichtiger als eine gut recherchierte Geschichte.«

»Vielleicht liegt das daran, dass die Anzeigen und die Abos unser Gehalt zahlen und die Redaktion nur Kosten verursacht«, kontere ich mit dem alten Argument jeder Verlagsleitung.

»Aber ohne Redaktion und die Geschichten dahinter gibt es keine Leser und damit keine Abos.«

»Das kostet aber alles enorm viel und deine Abteilung könnte ruhig mal beweisen, dass ihr euer Geld auch wert seid. Wo sind denn die packenden Enthüllungsgeschich-ten, auf die ihr ja immer so stolz seid? Wenn denn mal eine kommen würde?«

»Da brauche ich nur in die Schublade zu greifen und hätte da was«, antwortet er prompt, nimmt seine Füße von der Tischplatte, kramt wirklich in seinem Container und legt ein Blatt vor sich auf die Computertastatur. Ich versuche etwas zu lesen, kann aber nur erkennen, dass es sich um eine Namensliste mit Adressen und Telefonnummern handelt, die nur vier Zeilen enthält.

»Na, neugierig?«, fragt mich Pooler.

»War ich schon immer«, entgegne ich nur.

»Ist ein richtig heißes Eisen, an dem man sich kräftig die Finger verbrennen kann.«

»Kennen wir jemanden auf der Liste?«, frage ich rein rhetorisch.

Poolers Lächeln verschwindet, was mir im selben Moment Kopfzerbrechen bereitet. »Jein.«

»Woher hast du sie?« Ich taste mich langsam an dieses Blatt Papier heran, obwohl ich noch gar nicht weiß, ob ich das alles wirklich wissen will. Für solche Sachen ist schließlich auch die Redaktion selbst verantwortlich. Ich habe es auf jeden Fall noch nie mitbekommen, dass Pooler jemanden gefragt hat, ob er etwas bringen darf. Sein Verhältnis zu Maxwell war aber sehr gut und sie waren auch ständig in Kontakt. Was das Redaktionelle betraf, habe ich allerdings keine Ahnung, ob er sich bei kritischen Geschichten die Absolution vom Chef geholt hat. Aber die Dinge haben sich geändert. Schlagartig.

»Kann ich nicht sagen. Die Quelle ist vertraulich.«

»Okay. Kein Problem. Was bedeutet *jein*?«

Pooler schaut mich an und zögert. Dann nimmt er das Blatt und gibt es mir. Ich überfliege die vier Namen, die mir allesamt nichts sagen und gebe es ihm dann wieder zurück. »Ich kenne niemanden«, gebe ich zu.

»Ging mir auch so – bis auf einen. César Brand, ein Investmentbanker. Hat sich vor ungefähr einem Jahr eine Kugel in den Kopf gejagt. Und das mit 61. Offizieller Grund waren Fehlspekulationen.«

»Und der inoffizielle?«

»Ungefähr drei Monate vor seinem Selbstmord gab es Gerüchte, dass seine Ehe am Ende war.«

»Wenn sich jeder umbringen würde, der sich vielleicht scheiden lassen will, weil er Eheprobleme hat«, sage ich und warte, weil Pooler die Liste in die Hand nimmt und sie angestrengt betrachtet.

»Kommt drauf an, welche Art von Eheproblemen das sind und mit wem man fremdgeht.« Er wirft das Blatt wieder auf den Schreibtisch. »Die Gerüchte sagten auch, dass die Affären, was eigentlich das komplett falsche Wort dafür ist, die zum Ende seiner Ehe und dann seines Lebens führten, sehr jung waren. Sein Name wurde einmal in einem Atemzug mit dem Epstein-Skandal genannt.«

»Das heißt?«, frage ich angewidert.

»Man konnte ihm überhaupt nichts beweisen, aber sein Ruf und seine Ehe waren ruiniert und das hat er wohl nicht verkraftet. Sagt man.«

»Ich habe diesen ganzen Dreck nie verfolgt, aber wenn es so war, dann geschieht es ihm recht.«

»Vielleicht! Aber wahrscheinlich war er unschuldig.«

»Pech! Und die anderen auf der Liste?«

»Alles gut situierte Männer im mittleren bis höheren Alter. Wobei zwei von ihnen, inklusive Brand, schon nicht mehr unter uns weilen. So weit habe ich das schon recherchiert.«

»Und du glaubst, dass diese Liste so etwas wie eine Kundenliste ist, eines, sagen wir mal, Mädchenhändlerrings.«

»Keine Ahnung. Denn, wie gesagt, Brand war ganz offiziell unschuldig und eigentlich rehabilitiert. Deswegen könnte diese Liste auch etwas ganz anderes bedeuten. Auf jeden Fall ist ein Name besonders interessant.«

»Und welcher ist das?«, frage ich, obwohl mir Pooler das bestimmt gleich sagen wird.

»Der Name steht nicht auf der Liste.«

Ich runzele die Stirn und setze mich dann in den Besucherstuhl, der vor dem Schreibtisch steht. »Und woher kennst du ihn dann?«

»Es ist der Name des Mannes, auf dessen Laptop die Liste abgespeichert war.«

»Deines Informanten?«, frage ich überrascht.

»Nein, von meinem Informanten habe ich nur die Liste.«

»Okay, den Namen möchte ich ja auch gar nicht wissen.«

»Den anderen Namen willst du vermutlich auch nicht wissen, Dayna.« Jetzt steht Pooler auf und richtet seinen Blick hinaus auf den großen Redaktionsraum, in dem geschäftiges Treiben herrscht. Seine Schultern hängen schlaff herunter und er gibt gerade ein ganz anderes Bild ab, wie ich es von Ray *Dead* Pooler gewohnt bin. »Maxwell

Fredrickson«, sagt er, und für mich bricht eine weitere Welt zusammen.

Ich starre meinen Chefredakteur an, der mir immer noch den Rücken zudreht und ein Satz verfängt sich in meinen Hirnwendungen, den ich vorgestern von Flannery gehört habe: *In derer Schuld ich ein halbes Leben lang gestanden habe.*

Mir dreht sich der Magen um und ich übergebe mich in Poolers Papiereimer, den ich gerade noch rechtzeitig auf meinen Schoß bekomme. Pooler kommt mir zu Hilfe und legt mir den Arm auf die Schultern und hält mich, bis sich mein ganzes Mittagessen im Eimer befindet.

»Besser?«, fragt er mich und gibt mir ein Taschentuch.

Ich nicke und wische mir über die Lippen.

»Das ist echt zum Kotzen.« Pooler nimmt mir den Eimer aus den Händen und lächelt gequält über seinen schlechten Scherz. »Bin gleich wieder da. Ich geh das mal sauber machen.« Er verlässt das Büro und ich sitze alleine in diesem Glaskasten, in dem ich mich ständig unter Beobachtung fühlen würde. Keine Ahnung, wie der Kollege das aushält. Allerdings steht niemand an der Scheibe, wie ich erleichtert feststelle, als ich einen Blick über die Schulter riskiere. Ich stehe auf und gehe zu einem Sideboard, das hinter Poolers Schreibtisch steht, schenke mir ein Glas Wasser aus einer Karaffe ein und spüle damit meinen Mund aus. Da Pooler kein Waschbecken in seinem Büro hat, spucke ich in den Topf einer Areca-Palme, die in der Ecke steht und eh kurz vor dem Verdursten ist. Ich setze mich wieder, nehme die Liste zur Hand und starre auf sie, ohne aber einen klaren Gedanken fassen zu können. Dann kommt Pooler zurück und stellt den gereinigten Eimer wieder neben seinen Schreibtisch.

»So, wieder sauber«, sagt er überflüssigerweise und setzt sich wieder mir gegenüber in seinen Stuhl. »Und? Wie gehen wir vor?«

»Hab mir ein Glas Wasser eingeschenkt«, entgegne ich, statt auf die Frage zu antworten, aber Pooler winkt nur ab. »Wir sollten die Liste der Polizei vorlegen«, höre ich mich sagen, während sich meine Gedanken aber wieder um Flannerys Vorlesestunde drehen.

»Könnten wir natürlich, aber wir müssten sagen, woher wir die Liste haben und das…«

»Kann den Verlag in den Abgrund reißen«, vervollständige ich den Satz, da ich mich wieder auf Pooler konzentriere. »Aber jeder Tag, den die verbliebenen zwei Männer vielleicht noch ihren Verbrechen nachgehen, ist einer zu viel.«

»Falls diese Liste das ist, was wir vermuten.« Pooler schaut mich an. »Bis jetzt ist das nur Spekulation und nicht bewiesen.«

»Und wenn wir recht haben, aber nichts unternehmen oder zu lange warten? Das könnte ich mir nie verzeihen.« Ich tippe mit dem Zeigefinger auf die Liste. »Und es ist sicher, dass nur noch zwei von denen leben?«

Pooler zuckt mit den Schultern. »Denke schon. Wenn ich die Namen den richtigen Personen zugeordnet habe. Stammen alle aus New York oder den angrenzenden Bundesstaaten und haben noch etwas gemeinsam.«

»Und das wäre?«

»Haben alle an der Holard Universität studiert.«

Ich merke, wie mir schon wieder alle Farbe aus dem Gesicht weicht und sich mein Magen erneut zusammenzieht, als Pooler auch schon mit dem Unvermeidlichen fortfährt.

»Da fällt mir ein. Du hast doch da auch studiert, oder?«

Ich stehe ruckartig auf und halte mich dabei an der Tischplatte fest. »Ich melde mich spätestens morgen früh, okay?«, sage ich und ignoriere Poolers Feststellung.

»Kein Problem! Heute können wir eh nicht mehr viel ausrichten.« Pooler kommt um den Schreibtisch und begleitet mich zur Tür. »Gute Nacht, Dayna!«

»Glaube nicht, dass die so gut wird«, antworte ich und bleibe stehen. »Ich mache mir noch schnell ein Foto von der Liste, oder hast du was dagegen?«, frage ich.

»Nein! Mach ruhig. Sind ja nur die Namen und Adressen von potentiellen Missbrauchstätern. Sollten wir vielleicht auf der Titelseite bringen - was meinst du?«

»Gute Idee! Dann räumt bestimmt jemand auf mit dem Pack!«

»Und wenn wir uns irren?«

»Pech!«

»Besser doch die Polizei«, meint Pooler. »Vielleicht können wir den *Manhattan* raushalten. Wir müssen ja nicht sagen, auf welchem Computer wir die Liste gefunden haben. Und Maxwell ist tot, den kann man eh nicht mehr bestrafen, sollte er was damit zu tun gehabt haben.«

»Das ist zu einfach, Ray.« Ich blicke ihn ernst an, gehe zum Schreibtisch und mache ein Foto mit meinem Smartphone. »Viel zu einfach.« Damit lasse ich ihn stehen und flüchte aus der Redaktion, in der jetzt Hochbetrieb herrscht. Paul sehe ich nirgends, was meiner Laune sehr zuträglich ist.

Bevor ich in mein Büro gehe, schaue ich noch bei Gwenn vorbei. »Na, auch noch da?«, frage ich sie, als ich meinen Kopf in das ehemalige Vorzimmer von Maxwell stecke.

»Ja, leider.« Gwenn verzieht das Gesicht. »Bin nur am Beantworten von Beileidsbekundungen und Fragen zum Ableben unseres Chefs.« Sie blickt mich über den Rand ihres Monitors an. »Und du? Feierabend?«

»Ja, ich mach Schluss. Mir reicht's.«

»Kann ich mir denken. Dann bis morgen!«

»Ja, bis morgen, Gwenn. Grüß mir Marcus!«

»Mach ich!«

Ich schließe die Tür und gehe den Gang weiter zu meinem Büro. Ich sehe schon von Weitem, dass meine Bürotür etwas offen steht. Ich verlangsame meinen Schritt und versuche so leise wie möglich zur Tür zu gelangen. Durch den Spalt kann ich aber nicht erkennen, ob jemand im Zimmer ist. Ich schaue kurz auf meine Uhr – noch zu früh für die Putzkolonne. Bis jetzt hat sich noch nie jemand unaufgefordert in meinem Büro aufgehalten - außer Gwenn. Ich drücke die Tür auf, gehe aber nicht hinein, sondern versuche etwas zu erkennen, da kein Licht brennt und von draußen durch die Fenster das New

Yorker Novemberspätnachmittagslicht das Zimmer in Dunkelheit hüllt. Am Fenster hinter meinem Schreibtisch erkenne ich dann die Silhouette einer Person. »Guten Abend«, sage ich, rühre mich aber nicht vom Fleck.

Der Schatten bewegt sich und dreht sich um, wie ich vermute. »Hallo Dayna! Entschuldige bitte, dass ich so einfach in dein Büro eingedrungen bin, aber ich wollte nicht auf dem Gang warten.«

»Isaac.« Ich betätige den Lichtschalter und die eingelassenen Deckenspots erhellen augenblicklich mein Büro. Isaac kneift kurz die Augen zusammen und kommt dann hinter meinem Schreibtisch vor. »Was kann ich für dich tun?«, frage ich etwas scheinheilig.

»Wollte nur mal fragen, wie das jetzt hier weitergeht.«

»Meinst du im Verlag?«

»Könnte ich noch mehr meinen?«

Ich gehe an ihm vorbei zu meinem Schreibtisch und gieße mir erneut ein Glas Wasser ein. Ich trinke zu wenig, ermahne ich mich und trinke das Glas leer, was den Geschmack des Erbrochenen nochmals mildert. »Jetzt geht's mir besser. Drei Kaffee am Tag sind doch zu wenig.«

Isaac schaut mich etwas überrascht an. »Geht es dir nicht gut?«, fragt er natürlich auch gleich und ich frage mich, warum ich diese Andeutung zu meinem Gesundheitszustand eigentlich gemacht habe. »Aber ich kenne das! Man trinkt immer zu wenig.«

Ich gehe zur Sitzgruppe und setze mich in den Sessel, um zu verhindern, dass sich Isaac neben mich setzt. Er steuert dann auch das Sofa an, zögert aber kurz.

»Nimm ruhig Platz«, fordere ich ihn auf.

»Danke.«

Ich habe immer noch mein Handy in der Hand und eine spontane Eingebung. Ich schalte es ein und schaue mir das letzte Bild an, das ich gerade in Poolers Büro geschossen habe. »Kennst du einen César Brand?«, frage ich meinen ungebetenen Gast.

Es scheint, als würde Isaac etwas zusammenzucken, ich kann mich aber auch täuschen. »Nein, sagt mir nichts. Sollte ich?«

»Nicht unbedingt«, schüttele ich den Kopf und fahre fort. »Michael Miller?«

»Na ja, ich glaube jeder in den USA kennt einen Michael Miller.«

»Das stimmt allerdings«, gebe ich zu und lächle kurz, obwohl mir nicht danach zumute ist. »Und wie sieht es mit Erasmo Troy oder Wilburn Trevor aus?«, beende ich die Aufzählung und beobachte Isaacs Reaktion. »Ziemlich ungewöhnliche Namen, finde ich.«

Isaacs Augen werden jetzt zu kleinen Schlitzen und er lehnt sich übertrieben lässig in der Couch zurück. »Nie gehört«, antwortet er und ich weiß im selben Moment, dass er lügt. »Warum fragst du mich, ob ich all diese Typen kenne? Ich kenne sie nicht«, bekräftigt er nochmals, was mich in meiner Annahme noch mehr bestärkt.

Isaac lächelt überheblich. »Was soll das, Dayna? Ich kenne niemanden dieser Herren und es würde mich wirklich interessieren, was diese Fragerei soll? Eigentlich bin *ich* hergekommen, um Fragen zu stellen.«

»So kann man sich täuschen«, erwidere ich. »Das kommt davon, wenn man ungebeten bei jemandem ins Büro eindringt«, setze ich noch eins obendrauf. »Okay! Mir reicht's! Melde dich bitte bei mir, wenn man mit dir über die Zukunft des Verlags sprechen kann.« Damit rauscht er aus meinem Büro und schließt geräuschvoll die Tür. Kann hier eigentlich niemand die Türen normal zumachen, frage ich mich und beginne zu weinen.

Nachdem ich mich fast zwei Stunden in meinem Büro zutiefst selbstbemitleidet habe, verlasse ich den Verlag durch den Haupteingang und wende mich nach rechts Richtung Bushaltestelle. Es ist dunkel und der Herbstwind pfeift durch die Park Avenue. Ich habe Glück, denn als ich ankomme, biegt auch der Bus um die Ecke und ich steige ein. Das Glück bleibt mir treu, da ich einen Sitzplatz ergattere und mich so die nächsten Minuten in einen wohligen Dämmerzustand schaukeln lassen kann. Nach dem Umsteigen in die nächste Buslinie muss ich allerdings stehen. Ich halte mich an einer Schlaufe fest und versuche durch die Scheiben auf die abendlichen New Yorker Straßen zu schauen, sehe aber nur mein eigenes, verwaschenes Spiegelbild und das meiner Mitfahrer an den beschlagenen Scheiben. Der Bus kommt nur langsam vorwärts und so hätte ich eigentlich viel Zeit, über das Treffen mit Pooler nachzudenken, versuche aber den Gedanken an die Liste zu verdrängen, was mir leider letztendlich nicht gelingt. Gott sei Dank muss ich bei der nächsten

Haltestelle raus und hoffe, so auf andere Gedanken zu kommen – wenigsten kurzzeitig.

Passend zu meiner allgemeinen Stimmungslage fängt es, nachdem ich den Bus verlassen habe, zu regnen an. Durch den starken Wind klatscht mir der Regen fast waagerecht ins Gesicht und ich krame nach meinem kleinen Regenschirm. Nicht dabei – super. Wo habe ich den nur gelassen? Ich beschleunige meinen Schritt, halte meine Handtasche über meinen Kopf und wirklich kurz vorm kompletten Aufweichen hält mir Ricardo die Tür auf und ich bin im Trockenen.

»Guten Abend Ricardo! Was für ein Sauwetter!«

»Ja, und das schon seit Tagen. Man nennt es, glaube ich, Herbst.«

»Ich will Sommer!«, sage ich und wünsche ihm noch einen schönen Abend. Im Aufzug drücke ich den Etagenknopf und erstarre. Mein Blick fällt auf den untersten Knopf. Rot umrandet weist er auf die unterste Etage hin – die Tiefgarage. Wer hat noch mal einen Chevy Malibu eine ganze Woche gebucht? Der wartet jetzt in der Tiefgarage des *Manhattan* und freut sich bestimmt darauf, wenn ich ihn morgen Abend wieder bewege – wenn ich es nicht wieder vergesse.

Eine Stunde später sitze ich auf der Couch und versuche irgendetwas Aufbauendes auf Netflix zu finden, was mir aber partout nicht gelingen will. Entnervt über die viel zu große Auswahl, die mich schon oft verzweifeln ließ, wechsele ich zu Prime und probiere dort mein Glück. Wieder nichts. Ich melde mich ab und schnappe mir das

Handy. Vielleicht hat ja irgendjemand an mich gedacht und mir etwas Nettes geschrieben. Aber Fehlanzeige! Anstatt einer Nachricht erscheint die Liste aus Poolers Büro auf dem Bildschirm, als ich diesen entsperre. Ich starre die Namen an und rufe dann das Druckmenü auf. Nachdem ich den Senden-Knopf gedrückt habe, fängt der Drucker in meinem kleinen Büro an zu rattern. Ich schlurfe ins Büro, das zwischen Bade- und Schlafzimmer liegt, und setze mich an den Schreibtisch. Das Blatt liegt mit den Namen nach unten im Ausgabeschacht und ich zögere kurz, es herauszunehmen. Irgendwie habe ich plötzlich Angst mit dieser Liste meine Wohnung, meinen Rück-zugsort und Schutzraum, auf irgendeine Art und Weise zu kontaminieren. Wenn ich das Blatt nehme, dann wird das Konsequenzen haben. Dann gibt es kein Zurück mehr und ich werde wahrscheinlich so lange keine Ruhe finden, bis ich weiß, was es mit der Liste auf sich hat. Dann lege ich es doch vor mir auf den Tisch. Vier Namen. Okay, dann mal los. Ich nehme einen Stift und schreibe *Maxwell Fredrickson* ganz unten auf die Liste, direkt nach Wilburn Trevor. Fünf Namen. Dann markiere ich jeden, der schon nicht mehr unter den Lebenden weilt, mit einem schönen Kreuz. Fünf Namen – drei Kreuze. Ausbaufähig. Ich starte den Laptop und nehme einen Notizblock, auf dessen erstes Blatt ich den obersten Namen auf der Liste schreibe: César Brand.

3:35 Uhr fahre ich den Laptop herunter. Vor mir liegen vier Blätter mit vier Namen und den dazugehörenden

Informationen, die mir das World Wide Web zur Verfügung gestellt hat. Nur das von Maxwell ist, bis auf den Namen, leer geblieben. Diese Infos werde ich mir persönlich beschaffen.

12

Obwohl ich in dieser extrem kurzen Nacht kaum ein Auge zugemacht habe, stehe ich um 6.30 Uhr auf, springe unter die Dusche und bin eine Stunde später schon auf dem Weg in den Verlag.

Gwenn ist noch nicht da, wie ich feststelle, als ich vor ihrer verschlossenen Tür stehe. Scheint verschlafen zu haben, da sie ansonsten eigentlich immer eine der Ersten auf dieser Etage ist. Ich gehe in mein Büro, aber nur um meinen Mantel auszuziehen, denn mein nächstes Ziel ist die Redaktion, wo ich hoffentlich schon Pooler antreffe. Aber auch dort habe ich kein Glück, denn sein Glaskasten ist noch dunkel und auch sonst ist in der Redaktion natürlich noch überhaupt nichts los. Mürrisch trete ich den Rückzug an.

Im Büro setze ich mich an den Laptop und schreibe Pooler eine Mail, in der ich ihn bitte, noch keine weiteren Recherchen oder Aktivitäten bezüglich der Liste zu unternehmen und auch in Richtung Polizei nicht aktiv zu werden. Gründe hierfür gebe ich keine an, hoffe aber trotzdem, dass er sich an meine Aufforderung hält. Dann schreibe ich eine weitere Mail an Gwenn, dass ich einen Termin außer Haus habe und voraussichtlich erst am Nachmittag zurückkomme. Damit endet mein Bürotag auch schon wieder, denn ich habe in Wirklichkeit gar nicht vor, heute noch einmal im Verlag aufzuschlagen, aber das muss Gwenn ja nicht unbedingt wissen. Ich schnappe meinen Mantel, der über der Sessellehne hängt, verlasse mein Büro und hoffe, dass ich Gwenn jetzt nicht doch noch über den Weg laufe. Aber meine Befürchtung ist unbegründet, da ich überhaupt niemanden treffe, bis ich im Chevy in der Tiefgarage sitze. Als ich gerade losfahren möchte, kurvt mein Anzeigenleiter Matt Muller mit seinem nagelneuen Ford Bronco durch die Tiefgarage. Ich verstehe ja nicht viel von Autos, aber dieses rollende Unge-tüm ist auf New Yorks Straßen völlig fehl am Platz. Das Ding passt vielleicht nach Alaska oder in die Rocky Moun-tains, aber doch nicht nach Manhattan.

Ich warte, bis Muller geparkt hat und im Aufzug ver-schwunden ist, erst dann lasse ich den Chevy an, setze zurück und fahre zur Ausfahrt. Ich drücke den Knopf für das Tor und fahre die Auffahrt hinauf. Dann schluckt mich der New Yorker Verkehr und ich bin unsichtbar.

Das Navi führt mich zuverlässig nach Glen Cove und ich rolle mit gemächlichem Tempo die Woodland Road entlang, an deren Ende ich hoffentlich umfassende Er-kenntnisse erlange. Am Ende der Straße sehe ich das schmiedeeiserne Tor und parke ein paar Meter davor am Straßenrand im absoluten Halteverbot, aber ich kann mir nicht vorstellen, dass hier in dieser Gegend jemals kontrolliert wird.

Nachdem ich abgeschlossen habe, bleibe ich vor dem Chevy stehen und schaue hinaus auf die Hempstead Bay. Das Wasser glitzert ein paar Meter unter mir in der Morgensonne und es rollen kleine Wellen am Ufer aus. Was für ein Kontrastprogramm zum gestrigen Schmuddelwetter in New York und eine regelrechte Einladung zum Schwimmen. Allerdings dürfte die Wassertemperatur jetzt im November ohne Neoprenanzug nicht auszuhalten sein, wie ich aus Erfahrung weiß, da ich als Kind oft genug im Long Island Sound gebadet habe. Ich könnte jetzt einfach die steinerne Treppe, die zu der Bucht führt, hinuntergehen, eine Runde schwimmen und dann zurück nach Hause fahren und das alles hier vergessen. Dieser Gedanke bringt mich zum eigentlichen Anlass meines Besuchs in Glen Cove zurück. Ich gehe zum geschlossenen Tor und drücke auf die Klingel neben der Kamera. Ich warte bestimmt eine halbe Minute, in der sich nichts tut, und als ich gerade noch einmal den Klingelknopf betätigen will, höre ich ein Summen und das Tor entriegelt sich. Ich drücke es auf, schließe es hinter mir wieder und gehe dann die Auffahrt hinauf zum Haus. Kurz bevor ich an der Haustür ankomme, geht diese auf und Karen Fredrickson steht im Türbogen.

»Ich habe dich erwartet, Dayna«, empfängt mich Maxwells Witwe mit leiser Stimme. »Komm herein!«, fordert sie mich auf, dreht sich und geht dann in die Eingangshalle, ohne auf mich zu warten.

»Hallo Mrs Fredrickson«, sage ich, bin mir aber nicht sicher, ob sie das überhaupt gehört hat. Ich folge ihr geradeaus durch die Halle ins Wohnzimmer, das neben dem Zimmer liegt, in dem wir am Samstag bei Flannerys Auftritt gesessen sind, was mir aber schon wie eine Ewigkeit vorkommt.

Karen Fredrickson setzt sich auf eine hellbeige Ledercouch, die aussieht, als würde sie ein halbes Jahresgehalt meines Einkommens kosten. Sie klopft mit ihrer rechten Hand auf den Platz neben sich, was wohl die Aufforderung für mich ist, mich neben sie zu setzen. Auf dem eckigen, niedrigen Steintisch vor ihr liegt ein dickes Notizbuch.

Ich setze mich und warte, dass sie mich anspricht, aber sie starrt nur mit leerem Blick auf den Tisch.

»Warum haben Sie mich erwartet«, frage ich, als mir die Stille beginnt auf die Nerven zu gehen, die eh zum Zerreißen gespannt sind.

Sie dreht im Zeitlupentempo den Kopf und ich frage mich, ob sie mich verstanden hat. »Was hast du gesagt?«, fragt sie mich dann auch.

»Sie haben an der Tür gesagt, dass Sie mich erwartet haben. Warum haben Sie mich erwartet?«

Karen Fredricksons Blick klärt sich etwas, wie ich meine. »Weil du ein neugieriges Mädchen bist«, antwortet sie und ein kleines Lächeln umspielt ihre Lippen, das aber sofort wieder verschwindet. Sie beugt sich nach vorne, nimmt das Notizbuch und reicht es mir.

Der braune Ledereinband ist abgegriffen, speckig und fühlt sich schmutzig an. Mit spitzen Fingern schlage ich irgendwo in der Mitte auf und blättere ein paar Seiten durch. Jede Seite ist in eine obere und untere Hälfte unterteilt, die durch eine wie mit Lineal gezogene Linie getrennt sind. Alle Hälften enthalten ein Datum und ein paar Anmerkungen, alles fein säuberlich aufgelistet mit der perfekten Handschrift von Maxwell. Unter den Anmerkungen, die manchmal ein zwei Sätze, dann wieder nur Stichworte enthalten, steht jeweils eine Zahl, die drei-, vier- oder fünfstellig ist. Unschwer zu erkennen, dass es sich um Geldbeträge handelt. Ich blättere weiter und bleibe bei einem fünfstelligen Betrag hängen. 72 000. Darüber HU. Tja, die Holard Universität war schon immer etwas teurer.

Ich schaue zu Karen Fredrickson, die mich aber anscheinend gar nicht beachtet. Sie schaut zum Fenster hinaus, den Blick ins Weite gerichtet, raus aufs Meer.

Ich schlage die erste Seite des Notizbuchs auf, auf der nur zwei Worte stehen, die mich aber nicht mehr überraschen: *Curious Girl*. Das war ich schon immer, ein neugieriges Mädchen.

Von der ersten Seite gehe ich direkt zur letzten beschriebenen Seite, die sich irgendwo im letzten Drittel des Notizbuches befindet. Das Datum links oben ist keine drei Wochen her. Ich blättere eine Seite zurück und dann noch eine und noch eine. Auf allen halben Seiten steht die gleiche Notiz und die gleichen Zahlen: EF 1500 und darunter 500. Vier Namen auf der Liste und Maxwell. Fünfmal 500 sind eigentlich 2500 und nicht 1500. Ich blättere weiter nach vorne. Plötzlich wechselt der Eintrag auf 2000 und dann, noch ein paar Seiten weiter vorne tauchen die 2500 auf. Das Datum des ersten Eintrags kenne ich gut, an diesem Tag habe ich beim *Manhattan* angefangen. Ich zittere, als ich wieder zu blättern beginne und leise mitzähle. 52 Einträge. Vier Jahre und vier Monate, meine gesamte Zeit beim *Manhattan*. Plötzlich kommt mir ein Gedanke. Ich gehe zur letzten Seite und blättere wieder. Nach dreizehn Einträgen wechselt die Summe zu 2000. Danach konnte César Brand, mit einer Kugel im Kopf, seine Schulden bei mir nicht mehr begleichen, was für EF 500 Dollar weniger hieß. Nach weiteren zweiundzwanzig Einträgen zurück in die Vergangenheit stehen dann 2500 zu Buche. Michael Miller segnete hier wahrscheinlich das Zeitliche. Ich hole mein Smartphone heraus und öffne den Taschenrechner. 52 mal das Kürzel von Eric Fisher und 106 000 Gründe meine Eltern zu hassen.

Ich schließe das Notizbuch, lege es zurück auf den Tisch, nehme es aber sofort wieder auf und blättere zum allerersten Eintrag. 10 000 steht dort und ein Datum, das ich nur zu gut kenne – der Todestag von Mum.

»Darf ich das Notizbuch behalten?«, frage ich Karen Fredrickson und hole sie damit wieder zurück ins Hier und Jetzt.

»Natürlich, Dayna«, sagt sie nur und schaut mich dabei mal wieder an. »Das ist aber noch nicht alles.« Sie greift in die Seitentasche ihrer grauen Strickjacke und zieht ein Foto heraus, das sie kurz betrachtet und mir dann gibt.

Seitdem ich bei Pooler im Büro die Liste bekommen habe und sich nach und nach ein Puzzleteilchen zum anderen fügt, erwarte ich stets, dass es noch schlimmer wird, und irgendwie bewahrheitet sich dann meine Befürchtung immer. Erst die Liste, dann die Erkenntnis, dass alle, die darauf zu finden sind, an der Holard studiert haben. Jetzt dieses Notizbuch und als vorläufiger Höhepunkt nun ein Bild, das ein kleines Mädchen zeigt, vielleicht zwei oder drei Jahre alt, das vor einer großen Schaukel steht mit einem Teddybären in der Hand. Das Mädchen dreht dem Fotografen den Rücken zu, aber ich kenne das weiß und rot gestreifte Kleid von anderen Bildern. Und Teddy, ja Teddy kenne ich auch. Er hilft mir heute noch durch lange Nächte, in denen ich nicht schlafen kann oder aufschrecke aus einem Alptraum, der mich in einem Auto Salto schlagen lässt, bei einem Unfall, den es vielleicht nie gegeben hat.

Das Bild ist abgegriffen wie das Notizbuch und ich will mir nicht vorstellen, was der Betrachter alles getan hat, wenn er es sich angeschaut hat. *Der Betrachter.* Ich anonymisiere, obwohl ich ganz genau weiß, dass es Maxwell Fredrickson war. In mir steigt Übelkeit auf und ich lege das Bild mit Teddy nach unten auf den Tisch.

»Könnte ich bitte ein Glas Wasser haben?«, frage ich meine Gastgeberin, die mich aber ignoriert und gerade in ihre eigene Gedankenwelt eingetaucht ist. Ich stehe auf, auch das löst keine Reaktion bei ihr aus, und begebe mich auf die Suche nach der Küche. Bei der zweiten Tür rechts vom Eingang werde ich fündig. Ich nehme ein Glas aus einer Vitrine und fülle es mit Leitungswasser. Mit langen Zügen leere ich es und fülle es dann erneut. Erst dann fällt mir das dreckige Geschirr auf der Ablage auf. Neben dem Spülbecken steht eine halbvolle Milchflasche, die eigentlich in den Kühlschrank gehört und auf einem angebissenen Marmeladenbrot sitzt eine fette Fliege, die es irgendwie in den November geschafft hat, und lässt sich den Aufstrich schmecken. Ich fülle ein weiteres Glas mit Wasser und gehe zurück ins Wohnzimmer, wo die Verlegerwitwe immer noch teilnahmslos auf der Couch sitzt.

»Wollen Sie etwas trinken?«, frage ich und drücke ihr das Glas in die Hand.

»Danke!«, kommt als Antwort und sie schaut zu mir hoch.

»Ist sonst niemand im Haus?«

»Nein, ich habe meinen beiden Hausangestellten freigegeben.« Sie nippt am Glas. »Weißt du Dayna, ich habe eigentlich noch nie jemanden im Haus gebraucht. Maxwell wollte immer Angestellte – ich nie.« Sie beginnt zu weinen und ich könnte glatt mitheulen.

»Sie sollten nicht alleine sein, Karen«, sage ich das Naheliegendste in so einer Situation.

»Du aber auch nicht«, erwidert sie und übergeht, dass ich sie mit ihrem Vornamen angesprochen habe.

»Ich bin nicht allein«, rede ich mir und ihr ein. »Kennen Sie den Grund für die Zahlungen an meine Adoptiveltern? Haben Sie davon gewusst?«, frage ich das Naheliegendste, obwohl ich nicht glaube, dass sie weiß, was die Kürzel in dem Notizbuch bedeuten.

Sie schüttelt den Kopf. »Nein, Dayna. Ich habe dieses Notizbuch erst gestern Abend in einer verschlossenen Schublade in seinem Arbeitszimmer gefunden. Das Bild war darin und« ihre Stimme bricht ab und sie schaut wieder ins Leere, »habe sie aufgebrochen.« Wieder fängt sie an zu schluchzen, aber ich ignoriere es.

Ich zücke mein Handy und lese ihr die Namen von der Liste vor. »Kennen Sie irgendjemanden davon?«, frage ich, aber sie schüttelt wieder nur den Kopf, wobei ich nicht weiß, ob das die Antwort auf meine Frage ist oder die Einschätzung ihrer Gesamtsituation. »Was hat Maxwell mir angetan? Weshalb hat er mein ganzes Leben lang Geld an meine Adoptiveltern überwiesen und mein sündhaft teures Studium finanziert? Hat er mich deshalb zur Verlagsleiterin beim *Manhattan* gemacht und mir jetzt die Verlagsrechte überschrieben? Als Wiedergutmachung für irgendetwas Schreckliches in der Vergangenheit?« Mir schießen die Tränen in die Augen und ich wische sie beiseite, so, wie ich dieses Gespräch hier, den ganzen Tag, die ganze letzte beschissene Woche einfach wegwischen will.

»Ich weiß es nicht, Dayna«, antwortet Karen Fredrickson mit zitternder Stimme. »Wirklich nicht! Ich kann es mir nicht erklären. Er war früher oft alleine unterwegs. Beruflich, manchmal tagelang.«

Sie wusste es. Ich kann es spüren.

»Aber nicht mehr, als die Kinder kamen. Er war ein liebevoller Vater.« Sie richtet sich etwas auf. Jetzt wieder ganz die Oststaaten-Lady, als die ich sie immer gesehen habe.

»Ich bin jünger als Isaac, Karen!« Ich stehe auf und blicke auf sie herab. »Und Sie haben es gewusst und gedeckt. So ist das eben, wenn man viel zu verlieren hat, oder?«

»Du weißt nichts, Dayna! Gar nichts!«

»Doch, jetzt weiß ich genug. Und es werden wohl noch mehr dazukommen, die es wissen werden. Isaac und Iris vor allem.« Dann gehe ich. Ich drehe mich nicht mehr um, gehe durch die Eingangshalle, durch die Tür, die ich offen lasse und marschiere die Auffahrt hinunter. Neben dem eisernen Tor ist ein Knopf, auf den ich drücke. Ein Summen und ich bin draußen. Ich schließe das Tor und schaue doch noch einmal zurück. Karen Fredrickson steht in der Tür, schaut zu mir und hebt ihre rechte Hand. Dann dreht sie sich um und schließt die Tür hinter sich.

Ich gehe zum Chevy, der noch immer an der gleichen Stelle steht und nicht abgeschleppt wurde. Und vor dem Chevy – die Treppe. Ich steige die vielleicht zwanzig Stufen hinunter und sauge die Meeresluft ein. Der Wind, der aufgefrischt hat, zerzaust mir die Haare und zerrt an meinem Mantel. Vor mir liegen ein paar Felsen im seichten Wasser, an denen jetzt deutlich größere Wellen als vorhin zerschellen. Ich hüpfe bis zum vierten Felsen und setze mich. Die Temperaturen sind gerade noch so erträglich, da sich die Sonne hinter ein paar Wolken verzogen hat, was irgendwie ins Bild passt. Ich lasse den Blick schweifen. Rechts von mir sehe ich nur Bäume und Dickicht, erst viel weiter hinten ragt ein Hausgiebel aus dem Grünen. Links von mir, am Ende der kleinen Badebucht, ist ein Zaun bis ans Wasser gebaut, der wohl den Beginn des Grundstücks der Fredricksons markiert. In einiger Entfernung ragt ein Steg in die Bay hinaus, an dem ein relativ großes Segelboot befestigt ist.

Ich nehme eine Bewegung auf dem Steg wahr und erkenne eine Frau, deren graue Strickjacke im Wind weht. Sie geht bis ans Ende des Steges, zögert kurz und macht den Schritt ins Leere. Ich sehe, wie Karen Fredrickson keine hundert Meter von mir ins Wasser springt, und ich lege den Kopf in den Nacken, schließe die Augen und muss an einen Bericht denken, den der *Manhattan* letzten Sommer veröffentlicht hat, um vor den Gefahren des Ertrinkens zu warnen. Karen ist vor ein paar Sekunden unter Wasser getaucht. Versucht sie die Luft anzuhalten oder saugt sie schon gierig das Wasser in sich auf? Wenn das erste Wasser ihre Atemwege erreicht, wird sich ihre Stimmritze im Kehlkopf verkrampfen. Dieser Krampf, der eigentlich einen Schutz darstellt, damit nichts in die Atemwege kommt, wenn man sich mal verschluckt, führt jetzt zum Ersticken. Karen wird durch diesen Krampf nicht mehr atmen können, auch wenn sie es sich in diesem Augenblick anders überlegen sollte und sich an die Oberfläche zurückkämpft. Bei zehn bis fünfzehn Prozent der Ertrinkenden löst sich aber der Krampf wieder und das Wasser kann ungehindert in die Lungen strömen. Egal wie, bei Karen werden in drei bis fünf Minuten die ersten Gehirnzellen absterben, nachdem sie der Sauerstoffmangel ohnmächtig hat werden lassen. Dann wird sie ein bisschen durch die Hempstead Bay treiben, vielleicht raus in den Sound gezogen werden und irgendwann wird man sie finden. Aufgedunsen, als Beifang in einem Fischernetz hängend. Ich male mir die Schlagzeile vom *Manhattan* schon aus: *Verlegerwitwe Karen Fredrickson wieder aufgetaucht* – im wahrsten Sinne des Wortes. Ich öffne die Augen und schaue zu den Wolken, von denen jetzt mehr am Himmel standen, die über mich hinwegziehen, angetrieben vom Nordostwind. Ich lächle so lange, bis meine Mundwinkel zu zucken beginnen.

13

Ich sitze auf einer Bank im Sunken Meadow State Park und schaue hinaus auf die Smithtown Bay, die westlich von Port Jefferson liegt. Nachdem ich Glen Cove und die lebensmüde Witwe verlasse habe, bin ich immer am Long Island Sound entlang nach Osten gefahren. Mein Ziel ist die Fähre von Port Jefferson rüber nach Bridgeport, die alle 90 Minuten den Sound überquert. Das kostet zwar fast 60 Dollar und damit wesentlich mehr, als ich Benzin benötigen würde, aber ich hoffe, dass mir der Seewind meine trüben Gedanken wegpustet. Außerdem will ich die rund 75 Minuten Überfahrt nutzen, mir eine gewisse Strategie für die kommenden Gespräche zurechtzulegen. Da ich ein Ticket für die Fähre um 13.30 Uhr gebucht habe, bin ich nicht in Eile und gönne mir diese Pause auf der Parkbank und den Blick auf das Meer. Gleichzeitig lese ich mich in das Thema Kindheitserinnerungen ein. Laut wissenschaftlichem Kenntnisstand prägen sich die ersten Erinnerungen mit ca. drei Jahren ins

Gedächtnis ein. Vorher ist es schlichtweg unmöglich, sich an etwas zu erinnern. Und auch das können Erinnerungen sein, die so gar nicht stattgefunden haben, sondern ein Mix aus eigenen Erlebnissen, Erzählungen und Bildern sind. Diese Erkenntnis passt natürlich perfekt zum Autounfall, den ich als Dreijährige mit meiner Mum hatte, oder aber wahrscheinlich nie gehabt habe. Kann es wirklich sein, dass ich die Bilder und Geräusche vom Unfall, von berstenden Scheiben und kreischendem Metall, die mir in meinen Alpträumen immer wieder begegnen, nie erlebt habe? Wurden sie mir nur eingeredet, um die Legende eines tragischen Unglücksfalls in mein Gehirn zu pflanzen, um ganz andere schreckliche Dinge, die mir angetan wurden, zu überdecken? Ich weiß es nicht, aber die Erkenntnisse der letzten Tage lassen es plausibel erscheinen. Und wenn es so ist, ergeben sich daraus weitere Fragen, die ich mir eigentlich gar nicht stellen will - aber muss. Was ist mit Mum wirklich passiert? Wer war alles involviert? Und das Wichtigste: *Wer* hat mir *was* angetan? Und wenn ich das wirklich nach so langer Zeit alles herausgefunden habe, tue ich *was* mit diesen Antworten? Zeige ich alle bei der Polizei an, mit einer mehr als dünnen Beweislage? Ein vergilbtes Kinderbild, auf dem man das Kind noch nicht einmal erkennt: *Sind Sie das wirklich Ms Fisher, oder könnte es auch ein anderes Mädchen sein? Das Kleid, ja, das wurde Mitte der neunziger Jahre in Connecticut und den angrenzenden Staaten rund vierhundertmal verkauft – ein echter Verkaufsschlager, das ist kein Beweis. Und erst diese Liste, Ms Fisher. Alles ehrbare Männer aus angesehenen Familien. Sie glauben doch selbst nicht, dass sie da einer* neuen *QAnon-Verschwörung auf der Spur sind, oder? Aufgrund der Beweislage müssen wir die Anklage fallen lassen. Dafür haben Sie doch Verständnis, oder Ms Fisher? Sie können sich auch nicht erinnern, oder? Ms Fisher, können Sie sich erinnern?* Nein, kann ich nicht, ich war erst drei.

Hätte ich Verständnis? Nein, natürlich nicht. *Aber die Beweislage, Ms Fisher!* Fuck off Beweislage! Fuck off all!

Je mehr ich über das alles nachdenke, umso wütender werde ich und umso mehr Angst bekomme ich vor den Konsequenzen. Weil ich wirklich keine Chance habe, irgendetwas zu beweisen. Drei von fünf sind schon tot und die anderen werden einen Teufel tun, irgendetwas zu gestehen, das schon Jahrzehnte her ist. Was also tun? Alle umbringen?! Und wenn alles nur ein riesiger Irrtum ist, ein Missverständnis, eine Missinterpretation von Bildern, Listen, Träumen. Wem nützt ein Massaker, wenn man die Falschen erwischt? Außer dem Bestatter. Ganz zu schweigen davon, dass ich nicht gerade viel Erfahrung mit Massenmord habe. Wobei ich zugeben muss, dass die ins Wasser springende Karen Fredrickson eine gewisse Genugtuung bei mir hervorgerufen hat und ich wäre mit Sicherheit nicht hinterhergesprungen, um sie zu retten, auch wenn ich neben ihr auf dem Steg gestanden wäre. Aber vielleicht wäre es sogar ratsam gewesen, sie zu retten und als Kronzeugin vors Gericht zu schleppen: *Seht her, hier ist Karen Fredrickson, die jahrelang ihren Mann gedeckt hat. Jetzt will sie reinen Tisch machen, bevor sie sich im Long Island Sound die Unterwasserwelt anschaut.*

Ich schaue auf die Uhr und erhebe mich von meinem windumtosten Plätzchen an der Smithtown Bay. Die Zeit ist doch schnell vergangen, während ich meinen morbiden Gedankengängen gefolgt bin.

Der Chevy steht alleine auf dem kleinen Parkplatz am Rande des State Parks und wartet geduldig auf mich. So ein eigenes Auto wäre doch keine schlechte Idee, denke ich, als ich auf den Highway Richtung Osten einbiege.

Ein paar Minuten später fahre ich auf die Fähre, steige aus und gehe auf das gar nicht so sonnige Sonnendeck. Die Fähre ist vielleicht halb voll, aber hier auf dem zugigen Deck bin ich fast für mich, nur ein Pärchen steht eng umschlungen und sich küssend an der Reling. Ich muss an Paul denken, den ich das letzte Mal – ja wann eigentlich - geküsst habe? Ich schließe die Augen und suche Paul, finde aber Isaac, der vor mir steht, mit zwei Biergläsern in der Hand und mich anlächelt. Es war ein Fehler nicht mitzugehen, das weiß ich jetzt. Hätte ich mich nur einmal getraut! Ein kleiner One-Night-Stand oder auch mehr und mir wäre das alles hier erspart geblieben. Wahrscheinlich würde ich jetzt mit Isaac in meinem Büro sitzen und mit Schampus auf unsere gemeinsame Zukunft im Verlag und im Bett anstoßen. Stattdessen fahre ich einer mehr als ungewissen Zukunft entgegen, auf einem schwankenden Schiff, das mich zu meinen Adoptiveltern bringt, die mich die letzten Jahrzehnte belogen und betrogen haben und sich auf meinem Rücken ein wundervolles Leben haben bezahlen lassen. Von einem Verleger, der genügend Geld auf irgendwelchen Konten oder in schwarzen Kassen hat, um sich von seinen Verbrechen freizukaufen. So sieht's aus! Fuck off!

14

Ich habe keine Ahnung, ob Mum und Dad zu Hause sind, da es Dienstag am frühen Nachmittag ist, die beiden noch arbeiten und ich mich nicht angekündigt habe. Aber wer weiß, vielleicht habe ich ja zur Abwechslung mal Glück.

Mich überkommt ein eigenartiges Gefühl, als ich jetzt schon das zweite Mal innerhalb kürzester Zeit vor dem Haus meiner Kindheit vorfahre. Ich bleibe noch sitzen, als ich den Chevy parke, und spüre das Aufkommen von Fremdheit, Distanz und Beklemmung. Genau gegensätzliche Empfindungen wie die, die ich immer mit diesem Ort verbunden habe: Geborgenheit, Zuneigung und Freude. So schnell ändert sich alles, so schnell zieht einem die Wirklichkeit den Boden unter den Füßen weg.

Ich steige aus und gehe zum Haus, ahne aber schon, dass niemand da ist. Ich klingle trotzdem und warte einen Moment, bevor ich es erneut versuche. Wieder nichts. Keine Schritte sind zu hören, kein Vorhang bewegt sich.

Kurz überlege ich, ob ich meinen Hausschlüssel, den ich immer noch besitze, zücken soll und einfach auf Mum und Dad warten soll, entscheide mich aber dagegen.

Ich trete den Rückzug an und setze mich wieder ins Auto. Auf dem Beifahrersitz steht meine Handtasche, die ich öffne und die Blätter mit den vier Namen herausnehme. Ich sortiere die Toten aus und stecke sie wieder in die Tasche. Zurück bleiben Wilburn Trevor und Erasmo Troy. Die Überlebenden. Ich lasse den Chevy an und setze meine kleine New-England-Reise fort. Wilburn Trevor, 64, verheiratet, wohnhaft in der Park Street in New Haven. Dann mal los. Mal sehen, ob du zu Hause bist.

Die roten Backsteinhäuser stehen in Reih und Glied in der Park Street, die komplett zugeparkt ist. Das Navi fordert mich zum Umdrehen auf, als ich an der Zieladresse vorbeifahre und nach einem Parkplatz Ausschau halte. Ich biege die nächste kleinere Querstraße ab, stelle den Chevy ein paar Meter weiter an den Straßenrand hinter einen Transporter, nehme das Notizbuch aus der Handtasche, schnappe meinen Mantel von der Rückbank und marschiere zu Wilburn. Der Wind pfeift um die Häuserecken und ich ziehe den Kopf ein. Die Straße ist wie leer gefegt, was bei mir unterschwellig das Gefühl auslöst, beobachtet zu werden. Ich bin froh, als ich die drei Stufen zur Haustür der Trevors hochgehe und vom Präsentierteller Straße weg bin. Der Fußabstreifer vor der Tür heißt mich willkommen, was ich aber definitiv nicht bin. Aber was weiß schon ein Fußabstreifer.

Aus den Augenwinkeln nehme ich am Fenster neben der Haustür eine Bewegung wahr und schaue hin. Eine freundliche ältere Dame blickt mich an und gibt mir zu verstehen, dass sie zur Tür kommt. Sekunden später öffnet sie die Tür einen Spalt und schaut heraus. Doch eher misstrauisch als freundlich, denke ich.

»Hallo!«

»Guten Tag, Mrs Trevor! Ist Ihr Mann auch zu Hause? Könnte ich ihn sprechen?« Ich bemühe mich, trotz des Ernstes der Lage, die Mrs Trevor aber wahrscheinlich nicht kennt, ein freundliches Gesicht zu machen, und zwinge mich zu einem kleinen Lächeln.

»Ja, er ist daheim. Einen Moment bitte.« Sie schließt die Tür wieder und ich höre von drinnen, wie sie ihren Mann ruft. »Wilburn! Da ist eine junge Dame an der Tür, die dich sprechen will.«

»Komme sofort! Mit jungen Damen spreche ich immer sehr gerne!«, meine ich zu verstehen, da die Stimme aus einem geöffneten Fenster genau über mir dringt, und möchte ihm die Doppeldeutigkeit dieser Aussage gerne um die Ohren hauen. Ich vernehme schnelle und laute Schritte auf einer Treppe und dann öffnet sich die Haustüre vor mir auch schon wieder, diesmal aber komplett.

Vor mir steht ein geradezu winziger, spindeldürrer Mann, der noch kleiner wirkt, als auf den Bildern, die ich bei meiner Recherche zu ihm gefunden habe. Er ist bestimmt anderthalb Köpfe kleiner als ich und muss durch diesen Umstand seinen Kopf in den Nacken legen, um mir in die Augen schauen zu können. Seine Augen hinter den dicken Brillengläsern werden zuerst zu kleinen Schlitzen, bevor sie sich urplötzlich weiten. »Mein Gott!«, presst er hervor, springt nach hinten und will mir die Tür vor der Nase zuschlagen. Ich gehe ihm aber einen Schritt entgegen und halte mit meinem Körpergewicht dagegen. Mr Trevor merkt, dass er gegen mich keine Chance hat, dreht sich um, lässt die Tür Tür sein, rennt den Hausflur entlang und schreit wie von Sinnen. Seine Frau kommt aus der Küche gestürzt, schaut erst ihrem Mann nach, der die Treppe hoch in den ersten Stock rennt, und dann herüber zu mir. Auch ihre Augen sind vor Schreck geweitet und starren mich entsetzt an.

Ich schließe die Haustür hinter mir und mache beschwichtigende Bewegungen mit meinen Händen. »Keine Angst Mrs Trevor, ich tue Ihnen nichts.«

»Aber, was ist denn los?« Sie weicht vor mir zurück und geht rückwärts bis zur Treppe, bleibt vor ihr stehen und schaut nach oben, lässt mich dabei aber nicht aus den Augen.

»Das werde ich Ihnen gleich erklären!«, sage ich. »Ich habe einige Fragen an Ihren Mann.«

»Wilburn?«, ruft sie nach oben, als von oben das Geräusch einer ins Schloss krachenden Tür zu hören ist. »Was?«, bekommt sie noch heraus, während ihr Mann wieder die Treppe nach unten läuft. Am Fuß der Treppe angekommen, schiebt er seine Frau zur Seite und dreht sich in meine Richtung. In seiner linken Hand hält er einen Revolver, den er mit zitternder Hand auf mich richtet.

Ich starre auf die schwarze Mündung, die auf meine Brust zielt, und bleibe erstaunlich ruhig, angesichts der Tatsache, dass ich zum ersten Mal in meinem Leben mit einer Waffe bedroht werde. Wieder strecke ich meine Hände aus und bewege sie von oben nach unten, als ob ich damit eine Kugel aus der Bahn wedeln könnte. »Ich will nur mit Ihnen reden, Wilburn. Sonst nichts!« Ich wage einen Schritt nach vorne und bin jetzt ungefähr einen Meter von ihm entfernt.

»Wilburn, bitte!«, fängt hinter ihm seine Frau an zu schluchzen, was ihn kurz unaufmerksam werden lässt, als er seinen Kopf etwas nach hinten dreht.

»Ich weiß, was ich tue, Mary! Das hier ist gleich vor…«

Weiter kommt er nicht. Ohne eigentlich zu wissen, was ich tue, stürze ich nach vorne und falle ihm in den Arm. Ich drücke seine linke Hand zur Seite und versuche ihm die Waffe zu entreißen. Hinter uns fängt Mary an zu kreischen.

Ich ringe mit dem kleinen Mann um einen großen Revolver, und es muss ein absurdes Schauspiel sein, das wir dem ausgesuchten Publikum darbieten. Wilburn fängt an, mit seiner rechten Hand auf mich einzuschlagen, und ich versuche mit links die Schläge abzuwehren, was mir aber nicht richtig gelingt, da ich meine volle Aufmerksamkeit auf die Waffe richte. Er gibt hohe spitze Schreie von sich, die ich noch nie von einem Mann gehört habe, oder ist es seine Frau, die hinter ihm steht – ich weiß es nicht. Meine Konzentration gilt nur diesem Tanz auf Leben und Tod, den ich in einem engen Hausflur mit einem Mann vollführe, den ich bis vor einer Minute nicht einmal gekannt habe.

Wir drehen uns und ich stehe jetzt mit dem Rücken zu Wilburns Frau und hindere ihn weiterhin daran, den Revolver auf meinen Körper zu richten. Er versucht seinen Arm nach oben zu drücken und rempelt mich mit seiner Schulter an, was mich kurz aus dem Gleichgewicht bringt. Das nützt er aus und lehnt sich mit seinem ganzen Fliegengewicht gegen mich, was mich erst in Straucheln und dann zu Fall bringt. Ich stürze rücklings zu Boden und reiße meinen Widersacher mit. Er stürzt auf mich und nimmt mir die Luft, als der Revolver neben meinem Kopf explodiert.

Ich bin taub, ist der erste Gedanke, der nach dem Knall durch mein Hirn rast. Der zweite gilt dem Schmerz, der jetzt gleich kommen muss. Ich warte, aber das Einzige, was schmerzt ist mein Rücken, auf den ich geknallt bin. Ich öffne die Augen, die ich wohl im Reflex geschlossen habe, und sehe zwanzig Zentimeter über mir den keuchenden Wilburn, der mit weit aufgerissenen Augen über mich hinwegschaut. Ich stoße ihn von mir herunter und winde ihm ohne Probleme den Revolver aus der Hand. Dann rappele ich mich auf, den Revolver in der Hand, und trete zwei Schritte hinter den immer noch am Boden verharrenden Wilburn. Vor ihm liegt Mary am Boden und hält sich mit ausgestrecktem linken Arm am Treppengeländer fest. Ihre sonnenblumengelbe Bluse färbt sich im Bauchbereich blutrot und ihre Beine, die in einer senfgrünen Stoffhose stecken, zucken unregelmäßig. Einen ihrer

Filzpantoffel hat sie verloren und ich erkenne einen an der Ferse fast durchgewetzten hellblauen Socken. New-England-Color-Blocking schießt mir durch den Kopf. Die Details ihrer Kleidung, die sie im Todeskampf trägt, werden mich wahrscheinlich mein Leben lang an diesen Tag zurückdenken lassen. Und das jetzt einsetzende marker-schütternde Geschrei von Wilburn. Ich drehe mich weg, will nicht mit anschauen, wie Wilburn auf seine sterbende Frau zukriecht, ihr verzweifelt die Hand auf das Loch in ihrer Bauchdecke drückt und doch nichts gegen das Un-ausweichliche tun kann. Bauchschuss. So etwas überlebt man normalerweise nicht. Mir kommt eine Statistik in den Sinn, die wir mal angesichts der Verbrechensopfer in New York im *Manhattan* veröffentlicht haben. In einem beson-ders blutigen Monat Juni stieg die Mordrate um satte dreißig Prozent gegenüber dem Vorjahresmonat. Neun-unddreißig Mordopfer – in einem Monat, und das nur in New York. Aber das ist Vergangenheit. Hier und jetzt in New Haven erhöht sich die Zahl um eins. Und vielleicht kommt ja noch ein weiteres dazu. Ich stehe in der Küche und wische den Revolver mit einem Küchenhandtuch ab, gehe zurück zu Wilburn und Mary und lege ihn mitten in den Flur auf den dunkelbraunen Teppich. Wilburn sitzt neben seiner Frau und hält ihr die Hand. Die Beine von Mary liegen mittlerweile still da, was der Szene eine gewisse Ruhe gibt. Ich gehe vor Wilburn in die Hocke und tippe ihn an die Schulter, damit ich seine Aufmerksamkeit be-komme. Langsam hebt er seinen Kopf und schaut mich mit geröteten und feuchten Augen an. Ich habe Maxwells

Notizbuch in der Hand, nehme das Bild mit Teddy heraus und schaue es kurz an, bevor ich es ihm zeige. Erinnert mich irgendwie an heute Morgen, als mir Karen Fredrickson das Bild gab, denn auch jetzt stirbt ein Mensch.

»Das ist Teddy«, erkläre ich ihm und tippe auf das Bild, »und ich, das neugierige Mädchen.« Ich lege das Bild zurück in das Notizbuch und stecke es in meine Manteltasche.

»Ich weiß«, sagt Wilburn leise.

»Das ist gut.« Ich stehe auf und blicke auf ihn hinab. »Grüßen Sie Karen und Maxwell von mir, wenn Sie sie sehen.«

Ich verlasse Wilburn und Mary und schließe die Haustüre leise hinter mir. Dann gehe ich zurück zum Chevy. Es ist immer noch nichts los und ich begegne wieder niemandem. Aber es sind ja vielleicht auch erst fünf Minuten vergangen, als ich in die andere Richtung gelaufen bin. Der Wind fegt immer noch durch die Straße und ich überlege, ob das gerade ein Schuss war, den ich vernommen habe, oder doch nur das Klappern eines Fensterladens, als der Wind um irgendein Hauseck pfeift.

Nr. 5 lebt, aber leider in Boston. Erasmo Troy, der jetzt einzig verbliebene Name auf der Liste ist verdammt weit weg. Ich programmiere das Navy und erkenne, dass es dann doch nicht so weit ist. Zwei Stunden und vierzig Minuten von New Haven. Auf dem Freeway hoch nach Hartford und dann Richtung Nordosten nach Boston. Ich berechne noch die Rückfahrt nach Manhattan, rund vier

Stunden – das wird hart. Ich bin noch nie sieben Stunden Auto an einem Tag gefahren und dabei habe ich die bis jetzt zurückgelegte Strecke noch gar nicht berücksichtigt. Aber ich will, nein ich muss, herausfinden, was es mit der Liste, dem Notizbuch und den Zahlungen auf sich hat und ich glaube, wenn ich noch länger warte, werde ich verrückt.

Und wenn er nicht da ist? Dann war es eine schöne New-England-Rundfahrt. Oder ich rufe erst mal an, überlege ich, was natürlich angesichts der stundenlangen Fahrt das einzig Sinnvolle wäre. Allerdings würde mir dann der Überraschungseffekt abhandenkommen, der bei Wilburn voll eingeschlagen ist – wie die Kugel aus seinem Revolver. Ich verdränge die Gedanken an die vollgeblutete gelbe Bluse von Mrs Trevor und die zuckenden Beine.

Da ich ziemlich viel über den guten Erasmo herausgefunden habe, aber leider nicht seine private Telefonnummer, rufe ich in der Anwaltskanzlei in Boston an, wo er als einer von mehreren Partnern fungiert.

Nach dem dritten Klingeln meldet sich eine freundliche Stimme. »Sandors Troy Bowen Moreno! Wie kann ich Ihnen helfen?«

»Dayna Fisher von *The Manhattan Newspaper*«, melde ich mich ganz offiziell und hoffe, damit Eindruck zu schinden und nicht gleich aus der Leitung geschmissen zu werden. »Ich möchte gerne einen Termin mit Mr Troy, wenn möglich noch heute, wenn das geht.«

»Tut mir leid, Mrs Fisher. Mr Troy befindet sich auf Urlaubsreise und kommt erst nächsten Monat wieder. Kann ich Ihnen vielleicht erst einmal weiterhelfen?«

»Nein, das glaube ich nicht. Auf Wiederhören!« Ich lege auf und füge ein *Fuck* in Gedanken hinzu. Das war's mit meiner Recherche. Nr. 5 bleibt am Leben. Ich erschrecke über den Gedanken und werfe das Handy auf den Beifahrersitz. Wie soll ich jetzt nur herausfinden, was damals wirklich geschehen ist? Fast jede oder jeder, den ich heute auf dieser Rechercherreise getroffen habe, ist jetzt tot, und jeder nimmt einen Teil der Vergangenheit mit in sein Grab. Und Erasmo Troy? Weilt im Urlaub und genießt das Leben. Aber wahrscheinlich hätte er mich aus seinem Büro hinauskomplimentiert oder den Sicherheitsdienst oder gleich die Cops gerufen. *Nehmen Sie bitte diese Wahnsinnige hier mit, die mich bedroht,* oder so ähnlich. Ein erfolgreicher Strafverteidiger wie Troy hätte den Richter um seine glitschigen Finger gewickelt und mich wie eine durchgeknallte Irre vorgeführt. *Haben Sie Beweise, Miss Fisher? Nur das Notizbuch und dieses vergilbte Foto? Das reicht nun wirklich nicht, Miss Fisher! Mr Troy ist ein ehrenwerter Anwalt und hoch angesehener Bürger.* Und so weiter, und so weiter. Keine Chance für die kleine neugierige Dayna. Ich haue mit der Faust auf das Lenkrad und merke, wie meine Augen feucht werden. Aber ich will nicht weinen! Nicht wegen denen! Nicht wegen Maxwell! Nicht wegen der Witwe! Nicht wegen Wilburn und der blutgetränkten Bluse! Ich will nie wieder weinen, wegen diesen Leuten auf einer Liste, die mir das alles angetan haben!

Als ich mich wieder beruhige, gehe ich meine Optionen zur Wahrheitsfindung durch: Maxwell – tot, seine Frau – tot, Michael Miller – seit Jahren tot, Wilburn Trevor –

wahrscheinlich tot, Erasmo Troy – unerreichbar, Debbie und Eric Fisher – Möchtegern-Eltern mit Fundamentalwissen über meine Vergangenheit und meine letzte Chance. Aber nicht mehr heute. Nach all dem Tod, den ich unverschuldeter Weise in zwei Häuser gebracht habe, entschließe ich mich, hier abzubrechen und heimzufahren. Ich brauche dringend Unterstützung und denke an die flauschige Schulter von Gwenn.

15

Guten Morgen, Gwenn!« Fröhlich gelaunt strecke ich den Kopf in ihr Büro, bemerke aber an ihrem Gesichtsausdruck, dass irgendetwas nicht stimmt.

»Du kommst spät«, sagt sie und deutet auf die Uhr an der Wand.

»Ich habe gedacht, ich schlafe heute mal etwas länger«, gebe ich zur Antwort.

»An einem Mittwoch!?«

»Ja, warum denn nicht? Heute Abend wird es wahrscheinlich von alleine spät.

»Oh ja! Wo warst du denn gestern den ganzen Tag?«, will sie wissen.

»War in Glen Cove und habe Karen Fredrickson besucht.« Ich stehe mittlerweile in ihrem Büro.

»Du hast was?«, fragt sie erregt.

»Die Witwe besucht - warum auch nicht? Hatte ein paar Fragen an sie«, antworte ich und schaue so unschuldig wie möglich.

»Oh Gott!«, sagt sie nur und steht auf.

»Der hat jetzt wenig damit zu tun«, versuche ich mit einem lockeren Spruch Gwenns besorgtem Gesichtsausdruck entgegenzuwirken, was aber augenscheinlich nicht gelingt.

»Oh Gott, oh Gott! Du weißt es mal wieder nicht, oder?«

»Was soll ich denn wissen?«

»Karen Fredrickson ist tot. Hat sich wohl das Leben genommen.« Gwenn setzt sich wieder und blickt zu mir.

»Also gestern, am Vormittag, war sie noch quicklebendig, als ich bei ihr war.« Ich mache eine Pause, aber Gwenn äußert sich nicht weiter, was so gar nicht ihre Art ist. »Wir haben uns ganz nett unterhalten und dann bin ich wieder gegangen.«

»Mehr war nicht?«

»Was soll denn noch gewesen sein?«

»Keine Ahnung, Dayna! Gordon Flannery hat heute Morgen angerufen, nach dir gefragt und mir dann gesagt, dass Karen sich wohl ertränkt habe. Isaac hat sie gestern spät nachts aus dem Wasser gezogen, als er nach ihr geschaut hat, weil sie sich nicht gemeldet und auch nicht auf seine Anrufe reagiert hat.«

»Und das hat dir alles Flannery so einfach erzählt?« Ich schaue sie ungläubig an.

»Na ja, ich musste schon etwas nachfragen. Aber er meinte, dass das meiste davon eh bald irgendwo zu lesen sein würde, wie er das sieht.«

»Und wo hat er sie gefunden?«, frage ich etwas scheinheilig.

»Am Bootssteg«, antwortet die gut informierte Gwenn.

Doch kein Beifang in einem Fischernetz, denke ich. »Du hast dem guten Gordon ganz schön Infos herausgeleiert.«

Sie wischt meinen Einwurf beiseite. »So ein verdammter Mist!«

»Was?«, frage ich.

»Na, dass du dort warst und kurz darauf nimmt sie sich das Leben.«

»Ich hatte nicht den Eindruck, dass sie deprimiert war«, lüge ich.

»Wie auch immer, Dayna. Du hättest dir wohl keinen schlechteren Termin für deinen Besuch aussuchen können.«

Ich zucke mit den Schultern. »Echt tragisch! Also für Isaac und Iris. Das sind ganz schöne Schicksalsschläge für die beiden.«

Gwenn verzieht das Gesicht. »Also, ein richtiges Mitgefühl will sich da bei mir nicht einstellen. Kenn die zwei zu wenig.«

Ich wende mich zum Gehen. »Falls du noch irgendwelche Neuigkeiten erfährst, kannst du dich ja mal kurz melden.«

»Mach ich, Süße!« Sie schenkt mir ein Lächeln, das ich dankbar erwidere.

Ich schließe die Tür des Vorzimmers und überlege, wie lange ich wohl warten soll, um meine neuen Räumlichkeiten zu beziehen. Jetzt wahrscheinlich noch ein bisschen länger.

Ich gehe in mein Büro und sehe schon von Weitem, dass der Anrufbeantworter blinkt. So ist das halt, wenn man erst um 10.00 Uhr ins Büro kommt. Ich starte den Laptop und die Telefonsoftware, verschaffe mir einen Überblick über die eingegangenen Anrufe und sortiere schon mal gedanklich aus. Ich entdecke Flannerys Nummer und greife zum Hörer.

»Guten Morgen, Dayna! Gut, dass Sie endlich da sind.«

»Hallo Gordon!« Der Verbindung nach erwische ich ihn am Handy. Ich ignoriere seine Spitze zu meinem Zuspätkommen und gehe in die Offensive. »Ich komme gerade von Gwenn, die mir von Mrs Fredrickson erzählt hat.« Ich mache eine kurze Pause, fahre aber fort, bevor Flannery diese nutzen kann. »Ich bin so schockiert! Wissen Sie, Gordon, ich war gestern Vormittag noch bei Karen.«

»Das weiß ich, Dayna. Ich sitze hier in Glen Cove und schaue mir zusammen mit der Polizei die Videoaufnahmen von gestern an.«

Verdammt! Daran habe ich gar nicht gedacht. Ich sehe die Kamera am Tor zur Einfahrt vor meinem geistigen Auge. Und dann die Kamera rechts oberhalb der Haustür. Mein Puls beschleunigt und ich gehe in Sekundenbruchteilen den gestrigen Vormittag im Hause der Fredricksons durch. Mir wird heiß und kalt, als mir mein tödlicher Tanz mit Wilburn Trevor einfällt. Was, wenn auch dort Kameras installiert sind? Ruhig, Dayna, ganz ruhig. Dann wäre wahrscheinlich schon die Polizei hier und würde dich auseinandernehmen, aber vielleicht haben sie das Ehepaar Trevor noch gar nicht gefunden. Und was, wenn Wilburn noch lebt? Ich muss...

»Dayna? Sind Sie noch dran?«, reißt mich Flannery aus meinen Gedanken.

»Ja, ja. Bin noch dran«, sage ich und fühle mich, als stünde ich kurz vor einem Herzinfarkt.

»Die zwei Ermittler von der Polizei sind gerade draußen auf dem Steg, bekommen also nichts von diesem Telefonanruf mit.«

»Okay«, erwidere ich nur und weiß nicht, auf was Flannery hinauswill.

»Gibt es etwas, was Sie mir mitteilen wollen? Soll ich Sie als Anwalt vertreten? Ich kenne auch einen sehr guten Verteidiger. Wäre kein Problem.«

»Brauche ich denn einen Anwalt?«, frage ich zurück und versuche ganz cool zu klingen, obwohl mir fast der Hörer aus der Hand fällt, so sehr zittere ich.

»Das weiß ich nicht, Dayna. Bis jetzt hat sich, glaube ich, nichts Verdächtiges ergeben. Wenn ich das hier alles richtig interpretiere.«

»Kann man es denn falsch interpretieren?«

»Was meinen Sie mit *es*?«

»Na, die Videoaufnahmen.«

»Nein, da müssen Sie sich keine Sorgen machen. Man sieht Sie kommen, man sieht Sie gehen und«, Flannery macht mal wieder eine meisterliche Pause, »man sieht, wie Karen ganz alleine aus dem Wohnzimmer in den Garten geht und dann zu ihrem letzten Gang auf den Steg zuschreitet. Das Letzte, was man von ihr sieht, ist eine flatternde Strickjacke, als sie am Ende des Stegs ins Wasser springt.«

»Oh! Das ist ja schrecklich!«, versuche ich es mit einer Spur Mitgefühl.

»Das alles haben Sie aber nicht von mir und am besten noch nie gehört, okay? Ich muss jetzt auch Schluss machen, die beiden Polizisten kommen zurück.« Dann legt er auch schon auf.

Das ist gut, denke ich. Keine Dayna auf den Videoaufnahmen vom Steg. Aber wie auch? Ich saß ja auf einem Stein am Strand und habe die Witwe ins Wasser springen sehen. Also, keine Panik! Ich brauche jetzt nur noch einen oder am besten mehrere gute Gründe für meinen Besuch in Glen Cove. Da fällt mir bestimmt was ein, mache ich mir Mut. Schließlich wurde ich kurz vorher zur Verlegerin ausgerufen, da kann man schon einmal ein paar Fragen an die Witwe des Vorgängers haben. Irgend so etwas werde ich der Polizei auftischen, wenn ich überhaupt befragt werde, schließlich habe ich nichts getan. Und in New Haven habe ich auch nichts verbrochen. Ich wurde mit einer Waffe bedroht, und dass sich dann der Schuss gelöst hat, als ich mich gewehrt habe, das kann man mir ja wohl schlecht vorwerfen. Unterlassene Hilfeleistung vielleicht, aber sonst? War einfach in Panik und bin davongerannt. Wer könnte mir das verdenken? Das verläuft alles im Sande und ich bin die Verlegerin des *Manhattan*! Ich merke, dass ich immer noch den Telefonhörer in der Hand halte und ihn anstarre. Ganz sanft lege ich ihn wieder auf und schaue wieder auf die Telefonliste, die mir im gleichen Moment völlig zuwider wird. Ich schließe erst die Telefonsoftware, dann meine Augen und stelle dann noch die Lehne meines Bürostuhls nach hinten. Das Ausschlafen hat nicht lange vorgehalten, denn ich muss herzhaft gähnen und versuche an nichts zu denken.

Das Telefon reißt mich aus meinem Büroschlaf und ich falle fast vom Stuhl, so sehr erschrecke ich mich. »Fisher!«, melde ich mich etwas brüsk.

»Dayna? Alles klar bei dir?«

»Gwenn! Sorry! Habe gar nicht auf das Display geschaut.«

»Sollen wir nachher mal wieder zum Lunch zu Caseys gehen? Da waren wir schon ewig nicht mehr?«

»Ja, gute zwei Wochen«, antworte ich.

»Eben. Ewig.« Ich höre Gwenns Lachen durch den Hörer und fühle mich gleich besser.

»Bin dabei! Holst du mich ab?«

»Klar. Bis nachher!«

»Zwei Wochen«, sinniere ich und nippe an meinem Wasserglas. »Ganz schön viel passiert – seit damals.«

»Seit damals! Das hört sich an, als wären Jahrzehnte vergangen.« Gwenn schiebt sich einen Löffel Reis in den Mund und wiegt den Kopf hin und her.

»Wenn man bedenkt, was seitdem bei uns im Verlag alles passiert ist, kommt mir das wirklich ewig vor«, sage ich und spieße das letzte Stück Lachs aus meiner Bowl mit meiner Gabel auf.

»Schon. Aber eines ändert sich nicht.«

»Und das wäre?«

»Bei Caseys gibt's für uns immer Poké Bowl.«

»Wohl wahr.« Ich lächele und lasse meinen Blick durch das gut gefüllte Bistro schweifen. »In einem anderen Leben würde ich jetzt sagen: War's das? Poké Bowl forever – und was kommt dann?«

»Was soll noch kommen? Du bist Verlegerin, das muss ja wohl reichen, Poké Bowl hin oder her.« Gwenn lacht und ergreift meine rechte Hand, mit der ich die Serviette durchknete. »Lass mal die arme Serviette am Leben, es hat schon genug Tote gegeben.«

Erschrocken ziehe ich die Hand zurück. »Warum, wer noch?«, frage ich und merke, dass mir sämtliche Farbe aus dem Gesicht weicht. Ich sehe einen engen Flur vor mir, zwei Menschen liegen am Boden.

Gwenn schaut mich fragend an. »Äh, niemand, außer die ich kenne.«

»Und ich dachte schon, du hast neue Hiobsbotschaften. Mein Bedarf ist nämlich gedeckt. Vier reicht«, verplappere ich mich und mein Herz setzt aus, aber Gwenn hat gar nichts mitgekriegt, da sie der Kellnerin ein Zeichen gegeben hat, dass wir zahlen möchten. Das war knapp und hätte einige Erklärungen bedurft.

»Entschuldige, was hast du gesagt?«, fragt Gwenn, als ihre nonverbale Kommunikation mit der Kellnerin beendet ist.

»Nix.« Ich winke ab und krame in meiner Handtasche nach dem Geldbeutel. »Ich übernehme das heute – so als Verlegerinnen-Einstand.«

»Hab nichts anderes erwartet«, gibt sich Gwenn ganz cool und zieht ihren Lippenstift nach.

Ich lege meine Kreditkarte in das Rechnungsetui, das mir Jolene, unsere Lieblingskellnerin im Caseys, reicht und noch fünf Dollar obendrauf, als Standard-Trinkgeld. »Ich hoffe, es dauert jetzt nicht wieder ewig lang, bis ich euch beide wiedersehe«, meint sie noch.

»Mal sehen! War wie immer ausgezeichnet!« Gwenn wirft Jolene eine Kusshand zu und steht auf. »Bin gleich wieder da.« Sie geht Richtung Toilette und ich entschließe mich, so lange sitzen zu bleiben, da ich ja eh noch meine Kreditkarte zurückbekomme. Ich schaue zu zwei Typen am Nachbartisch, die hitzig aufeinander einreden. Derjenige, der mir gegenübersitzt, hat einen hochroten Kopf und an seinem Businesshemd haben sich große Schweißflecken gebildet. Die Stimmung scheint hochexplosiv zu sein und ich will gerade wegschauen, als mich der Typ direkt anschaut.

»Was?«, blafft er mich an und sein Kopf ist kurz vorm Platzen. »Das geht dich hier einen Scheiß an!«

Ich verstehe gar nicht, was er von mir will, als sich der andere auch umdreht. »Hast du ein Problem?« Ihre Streitigkeiten sind von einer Sekunde auf die andere beendet, als ich als neues Feindbild am Horizont auftauche.

Die Aggressivität, die von den beiden ausgeht, ist förmlich greifbar und ich suche verzweifelt nach einer halbwegs deeskalierenden Antwort, aber wie immer in solchen Stresssituationen fällt mir nichts ein. Ich schaue hilfesuchend zu Jolene, die aber gerade einen anderen Gast an der Theke bedient. Die Gäste an den anderen Tischen scheinen bis jetzt noch nichts mitbekommen zu haben oder wollen nichts mitbekommen. Wo bleibt meine Kreditkarte? Ich muss hier raus! Und wo bleibt Gwenn?

»Hat es dir jetzt die Sprache verschlagen?«, sagt der mit den Schweißflecken, obwohl ich doch noch überhaupt nichts von mir gegeben habe. »Vorhin hast du doch auch dein Maul aufgekriegt, mit der kleinen schwarzen Nutte am Tisch.«

Der andere lacht jetzt dreckig und dann geht alles ziemlich schnell. Gwenn steht plötzlich neben dem Typen und sieht aus wie ein Panther auf dem Sprung. »Das *schwarz* lass ich dir durchgehen, das *klein* und die *Nutte* nimmst du zurück, du Wichser!«, knurrt sie ihn an.

Der Typ läuft jetzt noch röter an, wenn das überhaupt möglich ist, und steht ruckartig auf. Er ist ungefähr gleich groß wie Gwenn und die beiden trennen keine zehn Zentimeter. Ich nutze die Unaufmerksamkeit und stehe ebenfalls auf. »Jolene, Casey!«, rufe ich unsere Bedienung und den Bistro-Chef, der irgendwo hinter der Theke sein muss

- hoffe ich. Jetzt haben wir auch die Aufmerksamkeit der anderen Gäste, aber da passiert es auch schon. Der Typ hebt seine Hand und ich sehe seinen goldenen Manschettenknopf im Neonlicht glänzen. »Wie hast du mich genannt?«, bekommt er noch heraus, als Gwenn ihr in taubenblauer Anzughose steckendes Knie nach oben reißt und den Möchtegernschläger stöhnend zu Boden schickt. Der andere springt auf, aber Gwenn ist viel zu schnell und verpasst ihm eine Ladung Pfefferspray, das sie plötzlich hinter ihrem Rücken hervorzaubert.

»Kann mal jemand die Cops rufen«, höre ich hinter mir eine Frau und ich denke *nicht schon wieder!*

»Kommst du?«, fragt mich Gwenn und kommt seelenruhig zu mir an den Tisch. »Kann ich dir nur empfehlen«, sagt sie und hält mir das Pfefferspray vor die Nase. »Abflug!« Sie nimmt meinen Arm und zieht mich zum Ausgang.

»Meine Kreditkarte!«

»Abflug, Dayna!«

Und schon sind wir draußen. Gwenn zieht mich hinter sich her und ich kann kaum mit ihr Schritt halten. »Gwenn«, versuche ich auf mich aufmerksam zu machen, aber sie antwortet nicht und wir überqueren mit gefühlt tausend weiteren Leuten an einer Fußgängerampel die 5th Avenue. »Alice?«, frage ich und schaue meine Retterin von der Seite an.

»Alice!«, kommt als Antwort, was jetzt wohl genügen muss.

Wir nehmen den Eingang zum Central Park gegenüber der 76th Street und zwei Minuten später sitzen wir auf einer Parkbank gegenüber der in Bronze gegossenen Alice-im-Wunderland-Skulptur. Es sind ein paar Touristen vor Ort, aber insgesamt ist viel weniger los als sonst, was natürlich am herbstlichen Wetter liegen kann, dem Gwenn und ich aber mutig trotzen.

»So, dann lass mal hören!«, beginnt Gwenn mit der Fragestunde an dem Platz, der für uns immer schon ein Ort für Klärungsgespräche oder Herzausschütten ist. Sie nimmt meine rechte Hand, legt sie sich in ihren Schoß und hält sie fest umschlossen. »Ich«, versuche ich einen Anlauf, aber meine Stimme wird brüchig und die ersten Tränen kullern über meine Wangen. Dann fange ich an zu schluchzen und es gibt kein Halten mehr. Gwenn nimmt mich in den Arm und ich heule mich an ihrer Schulter aus. Ich beruhige mich wieder und Gwenn wischt mir die letzten Tränen mit ihrer Hand weg.

»So, besser, oder?«

»Ja, ein bisschen.« Ich krame in meiner Handtasche nach einem Taschentuch und schnäuze erst mal.

»Aber jetzt«, sagt Gwenn und lächelt.

Ich nicke und blicke rüber zu Alice, die ebenfalls lächelnd auf einem riesigen Pilz sitzt, die Grinse-Katze, den verrückten Hutmacher und das weiße Kaninchen an ihrer Seite wissend. An meiner Seite ist nur Gwenn – sonst niemand. Trotzdem fühle ich mich Alice in diesem Moment sehr nahe. »Ich fühle mich gerade wie Alice«, sage ich dann auch und ernte einen fragenden Blick von

Gwenn. »Bin wie sie in ein tiefes Loch gestürzt, aus dem ich mich nicht mehr befreien kann. Nur dass ich nicht einfach aufwache und der ganze Spuk vorbei ist, sondern im Gegenteil, immer weiter in diesen grässlichen Kaninchenbau namens Wirklichkeit hineingezogen werde.

»Ich verstehe kein Wort, Dayna!«

Und dann erzähle ich meiner besten Freundin und Kollegin alles von Anfang an, von der Testamentseröffnung, vom Date mit Isaac, der Liste, dem Besuch bei meinen Eltern, bei Karen Fredrickson, dem tödlichen Tanz mit Wilburn Trevor und der Ungewissheit über das, was damals passiert ist.

»Du musst zur Polizei gehen – unbedingt«, sagt Gwenn, als ich fertig bin. »Und zu deinen Eltern. Du musst sie dazu bringen, dir die Wahrheit zu sagen, sonst schleppst du das dein restliches Leben mit dir herum. Du brauchst Gewissheit.« Gwenn bleibt ganz ruhig, was so gar nicht ihre Art ist, aber mir gerade echt lieber ist. Sie nimmt mich in den Arm und streichelt mir über den Rücken. Vielleicht ist das ihre Art von Trost, den sie mir zukommen lässt, ohne auszuflippen.

»Die brauche ich«, stimme ich ihr zu. »Wenn ich den Cops aber alles erzähle, nehmen die mich doch auseinander. Ich habe keinerlei Beweise, war aber beim Tod von mindestens zwei Menschen anwesend. Da kann ich gleich mein Testament machen.«

»Dann warte noch mit der Polizei und fahr zuerst zu deinen Eltern. Und geh erst wieder weg, wenn sie dir wirklich alles erzählt haben, so bitter das vielleicht auch ist.

Friss es nicht in dich hinein, sondern geh es offensiv an. Deine Eltern sind dir das schuldig, soweit ich das beurteilen kann.«

Ich nicke stumm und schaue rüber zur Grinse-Katze, die ich noch nie habe leiden können. Alice lächelt immer noch auf ihrem Pilz sitzend, obwohl jetzt ein kleines Mädchen zu ihr hinaufklettert und sich von ihrem Dad fotografieren lässt. Aber das scheint Alice nicht zu stören – sie ist ja aber auch nur aus Bronze.

»Hältst du mir heute noch mal den Rücken frei?«

»Klar! Du kannst gleich los. Bring es hinter dich und morgen sieht das alles schon wieder ganz anders aus. Du wirst sehen.« Gwenn beugt sich zu mir und drückt mir einen Schmatz auf die Wange.

»Für was war der?«, frage ich mit einem Lächeln.

»Nur so zur Aufmunterung – das wird aber keine Gewohnheit«, lacht sie.

»Da hätte Marcus wahrscheinlich auch was dagegen«, lache ich mit und mir fällt einiges an Ballast ab, auch wenn ich weiß, dass das nicht lange anhalten wird.

»Ach der! Der soll sich nicht ins Hemd machen!«

»Das wäre auch unschön.« Ich stehe auf und helfe Gwenn auf ihre hohen Hacken.

»Danke! Was täte ich nur ohne dich?«

»Das fragst *du* mich? Ohne dich wäre ich wohl komplett aufgeschmissen?«

»Quatsch, Dayna! Du bist eine Kämpferin vor dem Herrn!« Sie schlägt den Kragen ihres Mantels hoch, da der

Wind jetzt ordentlich auffrischt. »Und Verlegerin«, ergänzt sie noch.

»Stimmt, das hatte ich schon fast vergessen.«

»Also, schnapp sie dir, Tiger!«

Ich grinse. »Mach ich, Mary Jane!«

16

Wir wollten dir nicht deine Kindheit nehmen, Dayna! Das musst du doch verstehen?«

Ich verstehe gar nichts will ich sagen, *absolut nichts*, bringe aber keinen Ton heraus, weil ein dicker Kloß meine Kehle zuschnürt und mir jeden klaren Gedanken blockiert. Seit einer halben Stunde sitze ich am Esstisch und höre eigentlich nur zu, wie sich meine beiden Gegenüber um Kopf und Kragen reden. Ich frage mich, von welcher Kindheit diese Frau spricht, die sich mal als meine Mutter ausgegeben hat, aber letztendlich nur eine Rolle spielte – in einem ganz miesen Theaterstück. Meine Kindheit implodierte vor genau sechs Minuten, wie ich mit Blick auf die Küchenuhr feststelle. Auch da hefteten sich meine Augen an den großen Sekundenzeiger, der unbeeindruckt seine Runden drehte, als mir meine Pseudo-Eltern die Wahrheit über den Sonntagnachmittag vor sechsundzwanzig Jahren erzählten. Es hat etwas Beruhigendes, wie er da über das Ziffernblatt hüpft, unaufhaltsam und ohne sich um irgendetwas um ihn herum zu scheren. Eine andere Art von Unaufhaltsamkeit hat sich stattdessen gerade wie eine führerlose Dampflok durch meine Kindheit gefräst und wirklich niemand kann diesen Zug noch stoppen, es sei denn, er entgleist und kommt zum Stehen, ein Trümmerfeld nach sich ziehend. In diesem Fall ist das Trümmerfeld allerdings mein Leben.

Ich reiße mich von der Uhr los und stehe auf.

»Ihr könnt mir nichts nehmen, was es gar nicht gab. Meine Kindheit habe ich schon vor langer Zeit in dieser Hütte am See verloren und ihr seid schuld.«

»Aber, wir…«, setzt Pseudo-Dad an. »Deine Mutter hat dich…«

»Nichts aber! Hör auf damit!«, schreie ich ihn an. »Ja, Mum hat mich da reingezogen, aber ihr habt mich nicht gerettet, ihr habt es noch schlimmer gemacht. Ihr habt mich verraten! Und ihr habt euch auf meine Kosten ein ach so tolles Leben bezahlen lassen. Das werde ich euch nie vergessen!« Ich bebe am ganzen Körper und schaue zu Pseudo-Mum, die zusammengekauert auf ihrem Stuhl sitzt. »Und damit ich es nie vergesse und ihr auch nicht – dafür habe ich das hier.« Ich nehme meine Handtasche, die über meiner Stuhllehne hängt, stelle sie auf den Tisch und ziehe ein Aufnahmegerät heraus, das mit dem Mikrofon nach oben in der Tasche steckt, und lege es auf den Tisch. »Ziemlich altmodisch, macht aber immer noch, was es soll - aufnehmen.«

»Was soll das?«, rastet jetzt Dad aus. »Das ist doch kein Verhör!« Seine Stimme überschlägt sich und ich weiche einen Schritt vom Tisch zurück, weil er aufgesprungen ist und sich auf der Tischplatte aufstützt. Seine Augen sind weit aufgerissen und starren mich mit irrem Blick an.

»Das kommt noch. Das werden die Cops übernehmen«, gieße ich Öl ins lodernde Feuer.

»Niemals!« Er hechtet über den Tisch und versucht das Aufnahmegerät zu erreichen. Ich schnappe es mir aber vorher und halte es hinter meinen Rücken.

»Du zerstörst nicht unser Leben«, stößt er aus und kommt um den Tisch herum auf mich zu. Mum sitzt nur da und ist starr vor Entsetzen. »Gib es mir«, knurrt er und streckt mir die Hand entgegen. Ich glaube, der Letzte, den ich mit einem derart irren Blick gesehen habe, war Jack Nicholson in *Shining*. Nach diesem Fernsehabend habe ich extrem schlecht geschlafen und das wird mir hier auch blühen. Schräge, absurde Gedanken, und das angesichts dieser Ausnahmesituation, der ich mich ausgesetzt sehe.

»Bleib mir bloß vom Leib«, versuche ich Zeit zu gewinnen und krame mit meiner Linken in meiner Handtasche.

»Gib es mir!« kommt erneut die Aufforderung und ich werde hektischer in meinen Suchbewegungen, die Dad nicht entgangen sind.

Dann habe ich den gesuchten Gegenstand und halte ihn Dad entgegen. Als er mich anspringt und Mum anfängt zu schreien, sprühe ich das Pfefferspray in Dads Gesicht. Er sinkt unter Stöhnen auf die Knie, reißt sich die rechte Augenbraue an einem eisernen Schubladengriff auf, weil er den Kopf hin und her wirft und verzweifelt mit den

Fingern in seinen Augen reibt, was den Effekt noch verstärkt.

»Fuck!« Fassungslos stehe ich vor dem Mann, dem ich bis vor ein paar Tagen noch mein Leben anvertraut hätte, und blicke in das gerötete Gesicht. Blut tropft von der Augenbraue und ruiniert sein weißes New-England-Patriots-T-Shirt.

»911«, sage ich ausdruckslos zu Mum, als Dad wimmernd zu Boden sinkt und wohl kurz vor einem Herzinfarkt steht, weil er sich zur Abwechslung mal an die Brust fasst. Er bleibt ausgestreckt zwischen Tisch und Geschirrspüler liegen und ich fordere Mum noch einmal auf, den Notarzt zu rufen. Sie kann dieser Aufforderung aber irgendwie nicht viel abgewinnen, weshalb ich mein Handy aus der Hosentasche ziehe und die Nummer des Notrufs wähle. Ruhig und ohne Zittern in der Stimme beantworte ich die Fragen zu den Verletzungen und lege dann auf. »Der Notarzt wird gleich da sein«, sage ich zu Mum. Ich nehme ein Geschirrtuch und tupfe damit auf der Augenbrauenwunde herum, aus der ziemlich viel Blut fließt. »Komm mal her und hilf mir.« Da Mum aber keinerlei Reaktion zeigt, schreie ich sie an. »Hilf mir!«

Endlich löst sie sich aus ihrer Schockstarre und erhebt sich von ihrem Stuhl. Ich drücke ihr das Geschirrtuch in die Hand und prüfe sicherheitshalber Dads Puls an der Halsschlagader – alles okay, unter diesen Umständen.

»Hatte er schon einmal Herzprobleme?«, frage ich. Mum schüttelt den Kopf, sagt aber nichts.

»Ich denke, er wird es schaffen«, beruhige ich sie und mich, obwohl mich das gerade Geschehene doch ziemlich kalt lässt. Zu viel war geschehen und zu viele Wahrheiten stehen zwischen mir und meinen Adoptiveltern.

»Geh bitte, Dayna«, fordert Mum mich auf.

»Habe nicht vor, zu bleiben«, antworte ich, versaue ein weiteres Geschirrtuch, mit dem ich notdürftig meine Hände von Dads Blut säubere, nehme das Aufnahmegerät und verlasse das Haus, in dem ich eine glückliche Kindheit, O-Ton Isaac, verbringen durfte.

17

Vorsichtig klettere ich den Baum hinauf, immer darauf bedacht, die Äste nur ganz innen am Stamm zu belasten. Früher hatte ich keine Angst, bis ganz nach oben zu klettern, aber das ist lange her und die Äste der Eiche sind bestimmt brüchiger als damals. Bevor ich mich dann auf die zwei alten Bretter setze, begutachte ich sie noch so genau wie möglich und halte mich sicherheitshalber an einem dicken Ast über mir noch die ersten Minuten fest, aber die Bretter knirschen nicht einmal, als ich mich mit meinem vollen Gewicht niederlasse.

Vorhin war ich noch unten am See und habe meine Hände so gut es geht vom restlichen Blut gereinigt. Ich habe meine Sneakers und die Socken ausgezogen, bin ungefähr zwei Meter ins Wasser hineingelaufen, bis die Kälte meine Waden umschlossen hat, und habe dann begonnen, das fast schwarze Blut unter drei Fingernägeln herauszukratzen.

Jetzt liegen meine Hände im Schoß – gewaschen in Schuld, und werden wieder nass, allerdings diesmal von meinen Tränen, die ich nicht zurückhalten kann. Aber es geht schnell vorüber und ich sitze nur da, während meine nackten Füße meterhoch über dem Boden baumeln.

Es ist ganz still auf dem Grundstück und nur ab und zu höre ich ein Auto auf dem Highway vorbeirauschen. Auch die Vögel scheinen sich an diesem frühen Abend, nach diesem herrlichen Indian-Summer-Tag, nicht viel zu erzählen zu haben, denn kein Gezwitscher oder Singen dringt durch das bunte Blätterdach an mein Ohr. Ich genieße die Ruhe, drücke dann den Senden-Knopf für die Sprachnachricht an Gwenn und schließe die Augen. Hier draußen, weit weg von der Hektik New Yorks, warte ich dann geduldig auf das Unvermeidliche. Und als es dann so weit ist, zucke ich doch kurz zusammen - so wie die Vögel in den Weißeichen, die jetzt vom Lärm der Polizeisirenen aufgeschreckt werden und davonflattern.

Aber sie dürfen ruhig kommen, denn ich habe ein reines Gewissen. Ich war nur neugierig – und vielleicht ein bisschen rachsüchtig.

18

Als ich als freie Frau das Oberste Gericht des Bundesstaates New York in Manhattan verlasse und mich durch die Fotografen kämpfe, versuche ich krampfhaft nicht zu lächeln, was mir aber nicht gelingt.

»Miss Jacobs, was ist das für ein Gefühl? Ist Ihr Lächeln Ausdruck Ihrer Genugtuung?«

»Miss Jacobs, was werden Sie jetzt tun?«

»Gehen Sie zurück zum *Manhattan*, Miss Jacobs?«

»Werden Sie sich mit Ihren Eltern aussöhnen und warum haben Sie Ihren Mädchennamen wieder angenommen?«

Die Fragen prasseln auf mich ein, aber ich nehme sie gar nicht richtig wahr, da ich Gwenn suche, die versprochen hat, mich mitzunehmen. Und dann sehe ich sie, wie sie aufgeregt zu mir herüberwinkt und schon die Tür von Marcus' Mercedes aufhält. Sie fällt mir um den Hals und gibt mir einen dicken Schmatz auf die Backe.

»Lass uns abhauen!«, sagt sie und will mich ins Auto schieben.

»Warte noch!«, antworte ich und drehe mich um. Hinter mir steht Gordon Flannery und mein Anwalt Harrison Whitten, ohne den ich jetzt wahrscheinlich nicht hier stehen würde.

»Danke! Für alles!« Ich kann nicht anders und umarme zuerst Whitten und dann Flannery. Ein Blitzlichtgewitter bricht über uns herein und hält die Szene fest. Der Aufmacher für die morgigen Ausgaben stünde also auch fest, denke ich sarkastisch und löse mich wieder von Flannery.

»Nichts zu danken, Dayna! Das war doch selbstverständlich«, versucht Flannery alles kleinzureden. Es ist aber nicht selbstverständlich.

»War mir eine Ehre«, sagt Whitten und zeigt sein Gewinnerlächeln, mit dem er schon die Geschworenen für sich vereinnahmt hat. Das kann ich aber natürlich nicht beweisen - bin ja auch keine Anwältin.

»Wir sehen uns«, sagt Flannery und hilft mir, ganz Gentleman, in den Wagen.

»So viel steht fest!«, antworte ich und hebe zum Abschied die Hand, als er die Tür hinter Gwenn schließt.

»Marcus, Vollgas!« Gwenns und Marcus' Blick treffen sich im Rückspiegel und er nickt.

»Worauf du dich verlassen kannst!«, antwortet er, dreht die Musikanlage auf und lässt den Worten Taten folgen.

Wenig später sitzen wir in meinem Wohnzimmer und ich nuckele an einem Bier. »Das war alles so knapp!«

»Wie meinst du, Dayna?«, fragt Gwenn und stellt ihr Champagnerglas auf den Tisch. Auch Marcus schaut gespannt zu mir rüber.

»Die Geschworenen hätten auch gegen mich entscheiden können, und dann wäre ich wahrscheinlich bis an mein Lebensende im Gefängnis gesessen.«

»Haben Sie aber nicht!«, unterbricht mich Gwenn. »Sie wussten, dass du unschuldig bist, und haben richtig entschieden.«

»Sehe ich auch so«, pflichtet Marcus seiner Freundin bei. »Alles andere wäre auch ein glattes Fehlurteil gewesen.«

Ich wiege den Kopf hin und her. »Ich hatte schon an der einen oder anderen Stelle der Verhandlung meine Bedenken. Vor allem, als Mary Trevor in ihrem Rollstuhl in den Gerichtssaal geschoben wurde und der Staatsanwalt ihr ganzes Martyrium herunterbetete. Einige der weiblichen Geschworenen haben geweint bei ihrer Aussage und auch mir ging das natürlich nahe.«

»Aber das ist doch ganz klar, dass dir das naheging. Wäre mir nicht anders gegangen.«

Du bist aber nicht die Angeklagte gewesen, denke ich, sage aber: »Danke, dass du das sagst.«

»Und du konntest ja auch nichts dafür, dass sich ihr Mann dann gleich umbringt, als die Ermittlungen gegen ihn ins Rollen kommen, oder?«, sagt Marcus.

»Sie tat mir eben leid und den meisten Geschworenen wohl auch. Erst wird sie bei meinem Besuch verletzt, überlebt das gerade so, kann aber nicht mehr laufen, da die Kugel ihr Rückenmark zerfetzt hat, und verliert dann auch noch ihren Mann.«

Gwenn schaut mich ernst an. »Er hat es nicht anders verdient und sie hat einfach Pech gehabt. Ich sage immer: Augen auf bei der Partnerwahl.«

»Dann habe ich aber Glück, oder?«, meint Marcus. die beiden lachen und auch ich kann mir ein kleines Lächeln nicht verkneifen.

»Wie geht's jetzt weiter?«, fragt Gwenn, und ich zucke mit den Schultern.

»Meinst du mit mir? Mit uns? Oder überhaupt?«

»Überhaupt!« Gwenn schaut mich an. »Ein paar Sachen sind ja klar: Du bist frei, nicht vorbestraft und voll rehabilitiert, deine Peiniger sind bis auf einen tot, und der wartet auf seinen Prozess. Somit kannst du eigentlich erst mal durchschnaufen, auch wenn das wahrscheinlich schwerfällt. Wenn da nicht«

»Wenn da nicht meine Adoptiveltern wären«, vervollständige ich Gwenns Satz.

»Genau. Da bin sogar ich überfragt«, gibt sie zerknirscht zu.

»Ich verstehe immer noch nicht, warum sie damals nicht die Cops verständigt haben.« Marcus trinkt einen Schluck Bier und knallt dann die Flasche wütend auf den Couchtisch.

»Da kann jetzt der Tisch aber nichts dafür«, sage ich. »Aber ich verstehe es auch nicht, wie sie mir das antun konnten. Und ich habe die Aufnahme unzählige Male angehört. Sie witterten einfach die Chance auf das schnelle Geld – was kümmert einen da die dreijährige Nichte. Aber das Schlimmste ist das Bild von mir vor der Schaukel. Wie konnte Eric das nur an Maxwell schicken?« Ich schaue zuerst Marcus und dann Gwenn an, ehe mein Blick auf das Bild auf dem Sideboard fällt. Nur ein unschuldiger Augenblick, festgehalten, eingerahmt und aufgestellt – eine glückliche Kindheit? Was für ein Hohn! Ich stehe auf, gehe zum Sideboard und nehme den Bilderrahmen. Dann fummele ich auf der Rückseite den Karton auf und zerknülle das Foto noch im Bilderrahmen, ohne es noch einmal anzusehen. »So, jetzt geht's mir besser!«

»Er wollte sie damit wohl noch mehr unter Druck setzen, damit sie dich nie mehr vergessen und immer schön zahlen«, sagt Gwenn. »Was er ja auch geschafft hat«, ergänzt sie noch.

Ja, das hat er, denke ich. »Hat damals alles in die richtigen Bahnen gelenkt - für ein finanziell sorgenfreies Leben. Und das auf meine Kosten.« Ich schaue Gwenn und Marcus an und dann auf das zerknüllte Bild in meiner Hand.

»Was meinst du? Sind sie im Haus oder am See?«, fragte Debbie, als sie vom Highway 58 auf den staubigen Weg zu ihrem Wochenendgrundstück einbogen.

»Das werden wir gleich erfahren«, antwortete Eric. »Ich fahre jetzt noch ein paar Meter und dann lassen wir den Wagen stehen und schleichen uns an. Die Überraschung soll ja auch gelingen.«

»Die Kleine wird sich bestimmt tierisch freuen, wenn wir kommen.«

»Klar! Vor allem wenn ihr Lieblingsonkel dabei ist.« Eric lachte und stellte den Wagen dann in einer kleinen Ausbuchtung ab. »Also, auf geht's!«

»Komme schon«, sagte Debbie und schnappte sich noch die Kühltasche mit der selbst gemachten Zitronenlimonade. »Hast du den Fotoapparat?«

»Nein, verdammt! Den hätte ich jetzt vergessen.« Eric nahm seine kleine Fototasche vom Rücksitz und hängte sie sich um.

Hand in Hand gingen sie dann den Weg entlang, der in Schlangenlinien zum Wochenendhaus von Erics Familie führte, das sie Debbies Schwester Kathleen und ihrer Tochter Dayna manchmal für ein Wochenende zur Verfügung stellten. Die zwei fühlten sich auf dem Grundstück mit dem See immer sehr wohl und genossen die Auszeit vom schwierigen Alltag. Seit der ungeplanten Schwangerschaft und der Geburt von Dayna nahm Kathleen zwar keine harten Drogen mehr, aber sie erfüllte doch alle Klischees vom White Trash. Debbie hoffte so sehr, dass Kathleen endlich jemanden fand, so wie sie selbst Eric, der sie aus dem Milieu der Unterschicht herausholte.

»Ich glaube, sie sind mit dem Boot raus auf den See«, war sich Eric sicher. »Der Abend ist so schön und Dayna liebt den Sonnenuntergang auf dem See.«

»Da halte ich nicht dagegen, weil« Debbie stockte mitten im Satz und starrte auf einen Cadillac STS, dessen Heck um die nächste Kurve ragte. »Was zum Teufel?«

»Was ist denn hier los?« Eric ließ Debbies Hand los und näherte sich dem Wagen. »Sitzt keiner drin.« Er legte seine Hand auf die Motorhaube. »Noch warm«, sagte er mehr zu sich und ging weiter, gefolgt von Debbie. »Fuck! Feiert deine Schwester eine Party?«

Debbie und Eric blieben nach der Kurve wie angewurzelt stehen und blickten auf vier weitere Fahrzeuge. Neben einem Jeep Wrangler standen ein BMW, ein Chrysler New Yorker und noch ein Cadillac auf dem kleinen Platz vor dem Haus. Kathleens zerbeulter Honda Civic stand auf einem der zwei regulären Parkplätze neben dem Haus und passte so gar nicht zu den Nobelschlitten.

»Die Vorhänge sind zugezogen«, stellte Eric fest, nahm seinen Fotoapparat aus der Tasche und begann, die Kennzeichen der Autos zu fotografieren.

»Was machst du da?«

»Nach was sieht es denn aus? Hier ist eine Riesenscheiße am Laufen, das spüre ich.« Dann legte er seinen Zeigefinger auf seine Lippen und forderte Debbie lautlos auf, ihm zu folgen. Sie überquerten in gebückter Haltung den Platz vor dem Haus und standen dann neben dem kleinen Fenster, das neben der Eingangstür Licht in den kurzen Flur bringen sollte. Jetzt war der rot-schwarz karierte Vorhang allerdings zugezogen.

»Schauen wir mal um die Ecke zum Wohnzimmerfenster.«

»Sollen wir nicht einfach reingehen? Ich glaube nicht, dass hier irgendwas los ist. Kathleen wird sich ein paar Freunde eingeladen haben. Das ist zwar nicht mit uns abgesprochen, aber«

»Freunde?«, unterbrach Eric seine Freundin. »Hast du die Karren gesehen. Die Besitzer sind alles, nur keine Freunde von Kathleen – und ich will ihr da nicht zu nahetreten, aber das ist offensichtlich.« Eric ließ Debbie stehen und schlich um die Ecke. Debbie, die noch über das Gesagte nachdachte, folgte ihm.

»Mein Gott!«, flüsterte Eric. Er stand vor dem Wohnzimmerfenster und alle Farbe war aus seinem Gesicht gewichen. Dann hob er seinen Fotoapparat und machte durch einen kleinen Vorhangspalt Bilder, die alles verändern sollten.

Debbie trat hinter Eric und schob ihn etwas zur Seite, um ebenfalls nach drinnen schauen zu können. Was sie sah, ließ ihr Herz gefrieren und von einem Moment zum anderen verlor dieser Ort seine Unschuld.

Mitten im Raum hing eine nackte Frau mit dem Kopf nach unten an einem Seil, das um ihre Knöchel gebunden und an einem Deckenbalken befestigt war. Ihre Hände waren zusammengebunden und aus unzähligen kleinen Wunden rann Blut über ihren Körper, das von ihren Fäusten auf die unter ihr ausgebreitete Plastikplane tropfte.

Um sie herum standen fünf Männer in schwarzen Umhängen, die mit kleinen Messern auf ihr Opfer einstachen. Die Frau pendelte hin und her und drehte sich um die eigene Achse. Ihre Augen waren weit aufgerissen und Debbie sah in ihnen ein Entsetzen und Qualen, die sie bis an ihr Lebensende verfolgen würden. Ihre Lippen bewegten sich in einem stummen Schrei, aber weder Debbie noch Eric, der immer weiter fotografierte, wussten, ob die Frau sie durch den schmalen Vorhangspalt sehen konnte. Debbie, die bis jetzt nur die hängende Frau angestarrt hatte, nahm rechts eine Bewegung war und fing augenblicklich an, wie von Sinnen zu schreien.

Die Tür zum Nebenraum war aufgegangen und im Türrahmen stand Dayna, ihren Teddy in den Armen schaute sie mit großen Augen auf die sterbende Frau. Auch Dayna fing an zu schreien, voller Angst vor dieser blutüberströmten Frau und den fünf Männern, die mit blitzenden Messern um sie herumstanden.

Eric ließ seine Kamera sinken, als Debbie hinter ihm zu schreiben begann und er dann seine kleine Nichte in dieser monströsen Inszenierung auftauchen sah. Fassungslos starrte er in den Raum, in dem die Männer jetzt hektisch durcheinanderliefern, einer von ihnen redete auf Dayna ein. Dann erblickte er seine Schwägerin. Kathleen tauchte hinter Dayna auf, schnappte sich ihre Tochter und verschwand augenblicklich wieder aus dem Raum.

Eric riss seine Kamera wieder nach oben und machte weitere Fotos, bis einer der Männer direkt vor das Fenster trat, den Vorhang aufriss und ihn mit kalten Augen anstarrte. Seine Kapuze war nach hinten gerutscht und Eric sah keinerlei Regung in dem Gesicht. Eric trat einen Schritt vom Fenster zurück und hörte dann das Aufheulen eines Motors. Er schaute Richtung Parkplatz, nahm Debbies Hand, die jetzt nur noch schluchzte und nicht mehr schrie, und zog sie hinter sich her. Sie kamen aber zu spät, der Honda Civic jagte in einer Staubwolke Richtung Highway davon.

»Debbie! Wir müssen hier weg! Klar?« Er hielt seine Freundin an den Schultern fest. »Hast du verstanden?«

Debbie nickte.

»Komm!« Sie rannten so schnell sie konnten den Weg zurück zu ihrem Auto und stiegen ein. Eric startete den Wagen, wendete und fuhr zurück zum Highway. Er bog nach links Richtung Aspetuck und gab Vollgas. Er musste so schnell wie möglich so viele Meilen wie möglich zwischen sich und diese Männer bringen, denn dass diese die Verfolgung aufnehmen würden, war so sicher wie das Amen in der Kirche.

»Mein Gott!« Debbie hatte sich wieder etwas gefangen. »Was hat Kathleen nur getan?«

Eric wollte gerade etwas erwidern, als er etwa 100 Meter vor ihnen ein zerbeultes Etwas, das mal ein Honda Civic war, im Gelände liegen sah. Er machte eine Vollbremsung, bei der Debbie wieder aufschrie, brachte den Wagen am Straßenrand, kurz vor der Kurve und dem Straßengraben zum Stillstand und stürzte aus dem Auto. Mit einem Satz sprang er über den Graben und rannte zu dem Wagen, der auf dem Dach lag. Während er noch weiter rannte, drehte er sich um und sah, wie Debbie auch langsam aus dem Auto stieg und sich die Hand vor den Mund hielt. Er lief weiter und wäre beinahe über die im hohen Gras liegende Kathleen gestolpert, die aus dem Auto geschleudert worden war. Er drehte sich zu Debbie um. »Komm schnell«, schrie er seine Freundin an und fuchtelte mit den Armen. Kathleen war nicht mehr zu helfen, das wusste er, da sie regungslos, mit geschlossenen Augen und grotesk verrenktem Körper dalag.

Er wandte sich ab und näherte sich dem Autowrack. Sein Herz klopfte bis zum Hals und er war angsterfüllt vor dem, was er vielleicht jetzt gleich zu sehen bekam. Mit einem Stoßgebet auf den Lippen versuchte er die linke hintere Tür aufzureißen. Allerdings war sie zu stark verzogen und ging nicht auf. Wie alle Scheiben war auch die hintere Scheibe zerborsten und er bückte sich etwas, um ins Innere des Wagens schauen zu können. Dayna hing apathisch in ihrem Kindersitz, allerdings schien sie, bis auf eine kleine Schnittwunde an der Stirn, weitgehend unverletzt zu sein. Eric zog an der rechten hinteren Tür, die mit einem Quietschen aufging. Er kroch hinein, löste Daynas Gurt, fing sie auf und hob sie aus dem Auto, nicht ohne noch Daynas Teddy zu schnappen, der im Fußraum lag.

Debbie kniete neben ihrer Schwester und weinte bittere Tränen, als er um das Wrack kam.

»Debbie!«, machte er auf sich aufmerksam und endlich schaute sie ihn an. »Kümmere dich bitte um Dayna.«

Debbie stand auf und Eric legte seine Nichte in ihre Arme. »Bring sie zum Auto.« Auf der Straße sah er ein

Polizeiauto mit eingeschalteten Blinklichtern, das hinter seinem Wagen hielt. Nach dem Polizeiauto fuhr ein Cadillac STS mit Schrittgeschwindigkeit an der Unfallstelle vorbei. *Die Cops kommen wie gerufen*, dachte Eric und wollte sich gar nicht vorstellen, was vielleicht im Kofferraum des Cadillacs lag. Dann kniete er sich neben Kathleen und sah sie an. Er strich ihr die Haare aus der Stirn. »Was hast du nur getan?«, flüsterte er, als Kathleen die Augen aufschlug.

»Kathleen! Nicht bewegen!«

Kathleen schaute Eric an und ihre Lippen begannen ein Wort zu formen. Allerdings musste er sich ganz dicht zu Kathleen beugen, um sie zu verstehen. Er war nur ein Wort, das sie hervorbrachte, aber er erkannte sofort den Zusammenhang.

»Holard«, flüsterte Kathleen und starb. Ihre Gesichtszüge entspannten sich und ihre Augen blickten an Erics Gesicht vorbei in den sich rot färbenden Himmel.

Eric stand auf und ging zu Debbie, die sich mit den zwei Polizisten um Dayna kümmerte, die sie auf die Rücksitzbank gelegt hatten. Er sah über einen Cop hinweg in den Innenraum. Dayna bewegte sich und schaute sie mit glänzenden Augen an.

»Sie lebt«, sagte der eine Cop, »aber irgendetwas stimmt nicht mit ihr. Oder was meinst du?«, fragte er seinen Kollegen, der hinter ihm stand.

»Die Kleine sieht aus, als stünde sie unter Drogen«, erwiderte der zweite Cop. »Was hat sie denn da in ihrer rechten Faust?«

Der erste Cop nahm vorsichtig Daynas rechte Hand und öffnete problemlos die kleine Faust. Ein fast komplett zerbröselter Keks fiel auf die Rücksitzbank. Der Cop nahm das größte verbliebene Stück auf und roch daran. »Haschkekse!«, sagte er ungläubig und starrte fassungslos seinen Kollegen an. »Was hat man der Kleinen bloß angetan?«

Eric nahm Debbie zur Seite und legte einen Finger auf seine Lippen.

»Können Sie sich kurz um die Kleine kümmern«, fragte einer der Cops Eric.

»Ja, natürlich!«

»Über was hast du mit den Polizisten geredet?«, fragte Eric, als die beiden Cops zu Kathleens Leiche gingen und außer Hörweite waren.

»Nicht viel. Wir haben uns um Dayna gekümmert.«

»Sehr gut! Wir sagen nichts! Klar? Kein Wort über vorhin im Haus.«

»Aber.«

»Kein *aber*, Debbie! Ich habe eine Idee.«

Ich merke, dass ich immer noch das zerknüllte Bild in der Hand halte, und schmeiße es auf den Couchtisch. »Die Frau hat man ein paar Tage später, eingewickelt in die Plastikplane, in einem Gebüsch am Highway gefunden. Sie war vollgepumpt mit Drogen und war verblutet. Mein Gott! Und wie viele Wochenenden und Ferien ich in dieser Hütte nach diesen Ereignissen noch verbracht habe. Wenn ich daran denke, wird mir ganz schlecht. Und dabei habe ich das mit dem Leichenfund noch bei der Recherche in der Zeitung gelesen, aber überhaupt nicht mit meiner Geschichte in Zusammenhang gebracht.«

»Warum auch?«, meint Gwenn. »Dann war der Connecticut-Ripper also keine Einzelperson, sondern eine Gruppe«, spricht Gwenn eine der wichtigen Erkenntnisse des Prozesses aus.

»Möchtegern-Satanisten!« Marcus grinst schief, obwohl niemandem zum Lachen zumute ist.

»Ich bin wirklich gespannt, ob man beim Prozess gegen Erasmo Troy über die ganzen Beziehungen, die da zwischen den fünf Mördern, meiner Mum und den Opfern bestanden, noch etwas herausfindet.«

»Hat man doch schon«, wirft Gwenn ein.

»Ja, aber nur, was meine Mum angeht. Ihre Putzstelle an der Holard Universität hat sie ja ein paar Wochen vor dem Unfall aufgegeben.«

»Um ja keinen Verdacht aufkommen zu lassen«, sagt Marcus.

»Ja, so steht es in der *Times*. Aber das ist Spekulation«, sage ich. »Ich hoffe einfach, dass Troy alles zugibt, um dann mit sich im Reinen zu sein.«

»Der war gut«, sagt Gwenn. »Troy ist ein Spitzenanwalt, der wird alles tun, nur nicht ein Verbrechen zugeben, das zwanzig Jahre her ist.«

»Wahrscheinlich nicht«, entgegne ich zustimmend, »aber vielleicht können ihn die Fotos von Eric auf den rechten Weg bringen.«

»Der hoffentlich direkt in die Todeszelle führt!«, sagt Marcus grimmig.

»Ich wusste gar nicht, dass du ein Befürworter der Todesstrafe bist«, sagt Gwenn und schaut ihren Freund stirnrunzelnd an.

»Für den Typen mach ich mal eine Ausnahme.«

»Deine Peiniger haben alle ihre gerechte Strafe erhalten, außer Erasmo Troy, dem das noch bevorsteht. Und Debbie und Eric werden auch nicht ungeschoren davonkommen – du wirst sehen.«

»Das hoffe ich und auch wieder nicht.«

»Wie meinst du das?«, fragt Gwenn. »Natürlich müssen sie bestraft werden!«

»Immerhin säße ich ohne sie jetzt nicht hier in New York in einem Appartement und meine zwei besten Freunde sitzen mir gegenüber.« Ich zucke mit den Schultern, was meiner zwiegespaltenen Gemütsverfassung am ehesten entspricht.

»Das stimmt allerdings. Und ich bin froh, dass ich dich kennenlernen durfte.« Gwenn steht auf, läuft um den Couchtisch herum, setzt sich neben mich auf die Couch und nimmt mich in den Arm. So sitzen wir ein paar Minuten ganz ruhig da.

»Wir müssen« Gwenn löst die Umarmung. »Du kommst zurecht?«

»Ja, klar. Ich rufe jetzt noch meinen Anwalt an. Muss mich, glaube ich, noch mal richtig bedanken. Das kam vorhin etwas zu kurz. Und dann noch jemand anderen!«

»Mach das!«, sagt Gwenn. »Der war echt gut, dein Anwalt.«

»Dann sag ihm, er soll die Rechnung human gestalten«, meint Marcus und lacht.

»Da wird es keine Rechnung geben«, erkläre ich und Marcus schaut mich überrascht an. »Unser Firmenanwalt Gordon Flannery hat das ja einfädelt und im Voraus schon gesagt, dass keine Kosten auf mich zukommen werden.«

»Perfekt! Der sah nämlich richtig teuer aus, der Kollege.«

»Hab ich dir doch schon erzählt, Marcus«, wirft Gwenn ein.

»Ist mir neu«, antwortet er und runzelt die Stirn.

»Du hörst mir halt nie zu, wenn ich dir was erzähle. Das ist das Problem.«

»Was hat sie gesagt?«, fragt mich Marcus und zwinkert mir zu.

»Komm du mal nach Hause!« Gwenn steht auf und zieht Marcus aus dem Sessel.

»Werde ich dann bestraft?«

»Nur, wenn du brav bist.« Gwenn lacht, umarmt mich und gibt mir einen Kuss auf die Wange. »Mach's gut, Süße!«

»Ihr auch!«

»Darauf kannst du wetten«, sagt Marcus und umarmt mich ebenfalls.

»Hör nicht auf den Spinner! Wen rufst du eigentlich noch an, nachdem du deinen Anwalt angerufen hast?«, fragt Gwenn noch, als sie schon in der offenen Tür steht.

»Verrate ich nicht. Außerdem sei nicht so neugierig! Ich bin doch hier das *Curious Girl*.«

EPILOG

Ich schalte mein Handy ein und klicke mich zum Ziel, nicht meiner Träume, aber einer Chance, und wähle die angezeigte Handy-Nummer in meiner Kontaktliste, die ich mir noch nie merken konnte. Es klingelt zweimal, als auch schon eine bekannte Stimme abnimmt.

»Stuart Coyle!«

»Dayna Fisher«, melde ich mich und korrigiere mich sofort. »Dayna Jacobs, sorry.«

»Dayna! So früh schon auf? Und das an einem Samstag! Willkommen zurück, auf jeden Fall! Sie haben ja ganz schön für Wirbel gesorgt.«

»*Wirbel* hat es noch niemand genannt«, antworte ich trocken. *Persönliche Katastrophe* würde es schon eher treffen, denke ich.

»Entschuldigen Sie bitte meine unpassende Wortwahl. Für Sie war es natürlich etwas mehr als *Wirbel*.«

»Schon gut, Stuart. Sie können sich denken, warum ich anrufe?«

»Es geht jetzt aber nicht um den frei werdenden Verlagsleiterposten bei der *Times*, oder?«

»Äh, doch! Ich wollte fragen, ob…«

»Wann können Sie anfangen?«

»Montag, vielleicht?«, stottere ich, weil ich so überrascht von der Frage bin.

»Dann sehen wir uns Montag, Dayna. Ich denke, Sie haben das mit dem *Manhattan* geklärt, oder?! Ich habe mich, wie Sie wissen, in der Vergangenheit bei uns mächtig für Sie ins Zeug gelegt.«

»Ja, weiß ich, und ja, habe ich geklärt. Geht klar und das gibt auch keine Probleme – zukünftig.«

»Dann ist ja gut. Ist jetzt ja auch nicht die direkte Konkurrenz«, lässt er eine Spitze gegen den deutlich kleineren *Manhattan* folgen. »Sie kennen den Weg ja, oder? Schönen Tag noch!«

Coyle legt einfach auf, ohne auf meine Antwort zu warten, und ich starre perplex auf den Handybildschirm. Ja, den Weg zur *Times* kenne ich, was für eine Frage! Ich schalte mein Handy wieder aus, lege es zurück auf das Nachtkästchen und kuschele mich wieder in meine Bettdecke.

»Mit wem hast du telefoniert?«

»Mit Stuart Coyle.«

»Also doch.«

»Ja, ist besser so.«

»Wahrscheinlich.«

»Lass uns nachher weiterquatschen, okay?«

»Okay, hab aber noch eine Frage. Es bleibt auch bei der einen, wenn ich dann einen Gutenmorgenkuss bekomme.«

»Kriegst du auch so. Und?«

»Wo ist eigentlich Teddy? Den vermisse ich irgendwie seit ein paar Tagen.«

»Den habe ich in eine Kiste gepackt und in den Kellerraum gestellt.«

»Brauchst du ihn nicht mehr?«

»Nein, hab ja jetzt dich.«

»Gute Entscheidung! Ich kann nämlich auch brummen.«

»Weiß ich doch«, sage ich, küsse sanfte Lippen und blicke in blaue Augen, in denen ich wieder zu versinken drohe.